『鬼平犯科帳』細見

松本英亜

小学館スクウェア

池波正太郎 画

もくじ

ひと歩き

はじめに

『鬼平犯科帳』を何度も熟読していると、妙なところへ目が行く。

例えば、火付盗賊改方の同心・酒井祐助《さかいゆうすけ》は、一貫して独身者として描かれているが、第一巻・第二話「本所・桜屋敷」では妻帯者となっている。これは、どうしたわけだ……？

もうひとつ。第六話「暗剣白梅香」から登場する深川・石島町の船宿「鶴や」だが、何年たっても、延々と、密偵の小房《こぶさ》の粂八《くめはち》が亭主におさまっている。本来、「鶴や」は利右衛門という主人のものだが……？

『鬼平犯科帳』を読みすすめて来ると、こうした素朴な疑問がいろいろあることに気付く。

そこで、本書では《『鬼平犯科帳』細見》と題して「とかく、ストーリーばかりを追って見逃しやすい事柄」、「読んでいて、何となく気になる箇所」、「話の辻褄《つじつま》が合わない、整合性がとれない事項」などを採り上げ、それぞれに独自の検討を加え、専門家の意見を聞いたり、実際に現場へ出かけて検証したりして、これらの疑問に対応してみた。

　勝手読みかも知れないが、腹に収めておくことができなくなった次第である。

　さらに、『鬼平犯科帳』には、長谷川平蔵や密偵、盗賊が、舟で移動する場面がたびたび登場して来る。「鬼平」ファンとしては、同じコースを舟でたどってみたいところである。そこで、現在でも航行可能な第六巻・第五話「大川の隠居」コースと、第九巻・第三話「泥亀」コースの二つについて、船に乗って大川（隅田川）へ出てみた。また、前作『小さな旅「鬼平犯科帳」ゆかりの地を訪ねて』（小学館スクウェア刊）で行きそびれている「鬼平ゆかりの地」についても、改めて訪ね歩き、併せて「細見」事項として書くことにした。

　我ながら、面白い着目だとニッコリしている。

松本英亜

『寛政重修諸家譜《かんせいちょうしゅうしょかふ》』その一　長谷川平蔵宣以《のぶため》

『鬼平犯科帳』は、実在した四百石の旗本・長谷川平蔵をモデルにした「時代小説」である。

原作者の池波さんは、昭和三十一、二年頃、江戸幕府の大名や旗本の系譜をまとめた『寛政重修諸家譜』の中の幕臣・長谷川平蔵に興味を引かれたという。

『寛政譜』によると、長谷川平蔵宣以は、明和五年（一七六九年）十二月五日、十代将軍・家治に拝謁し、安永二年（一七七三年）九月、長谷川家の遺跡を継ぐ。安永三年、西ノ丸書院番を拝命。その後、番士として諸役を歴任。天明六年七月、御先手・弓組の組頭に、天明七年（一七八七年）九月十九日、火付盗賊改方の長官に就任。寛政七年（一七九五年）五月、五十歳で病没している。

長谷川平蔵は、天明から寛政にかけて火付盗賊改方をつとめたわけであるが、池波さんは、長谷川家の系譜をながめては、行間から聞こえてくる平蔵宣以の人物像や時

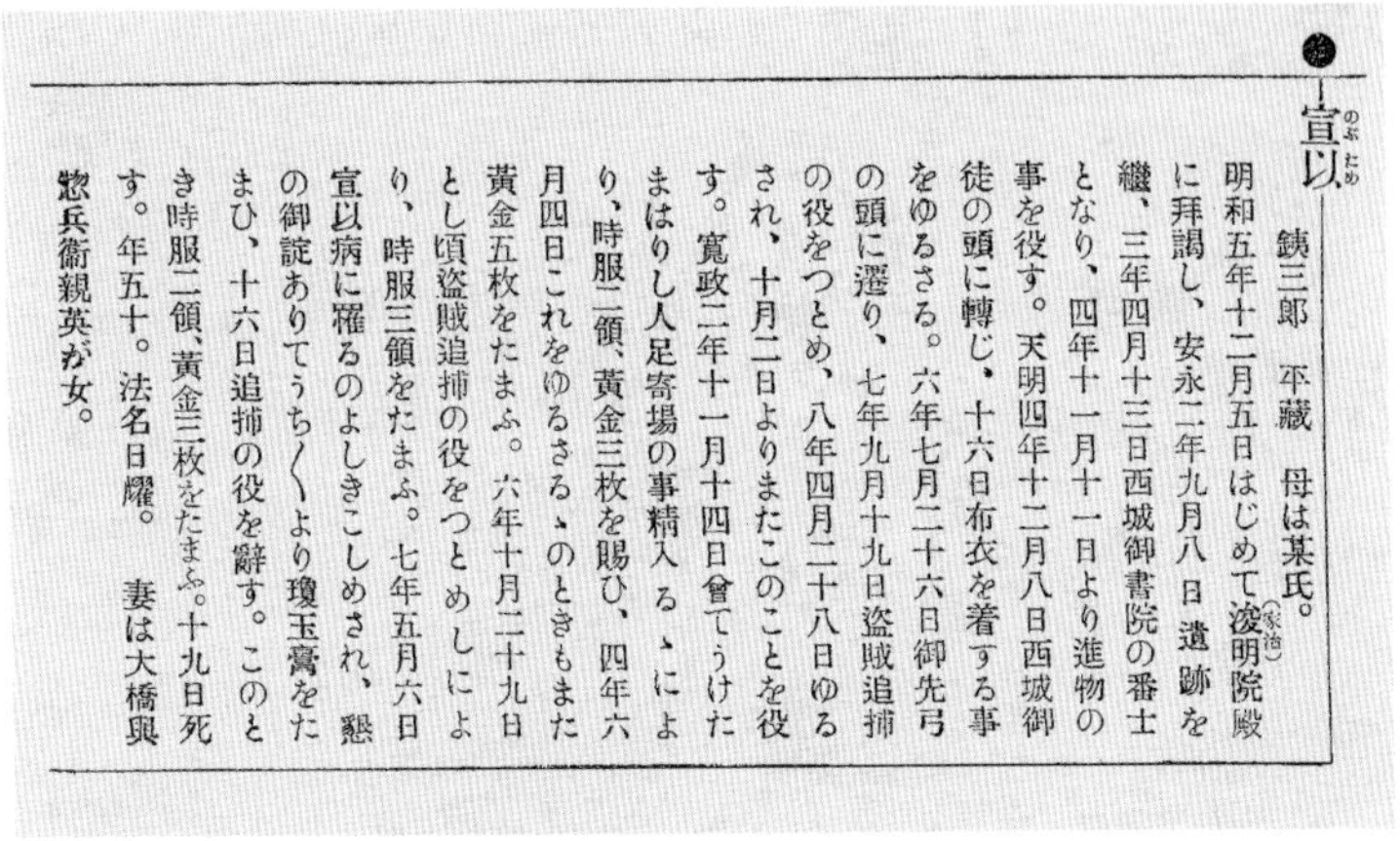
宣以《のぶため》
鐡三郎　平藏　母は某氏。明和五年十二月五日はじめて浚明院《(家治)》殿に拜謁し、安永二年九月八日遺跡を繼、三年四月十三日西城御書院の番士となり、四年十一月十一日より進物の事を役す。天明四年十二月八日西城御徒の頭に轉じ、十六日布衣を着する事をゆるさる。六年七月二十六日御先弓の頭に遷り、七年九月十九日盜賊追捕の役をつとめ、八年四月二十八日ゆるされ、十月二日よりまたこのことを役す。寛政二年十一月十四日曾てうけたまはりし人足寄場の事精入るゝにより、時服二領、黄金三枚を賜ひ、四年六月四日これをゆるさるゝのときもまた黄金五枚をたまふ。六年十月二十九日とし頃盜賊追捕の役をつとめしにより、時服三領をたまふ。七年五月六日宣以病に罹るのよしきこしめされ、懇の御諚ありてうちく\より瓊玉膏をたまひ、十六日追捕の役を辭す。このとき時服二領、黄金三枚をたまふ。十九日死す。年五十。法名日耀。　妻は大橋與惣兵衞親英が女。

『寛政重修諸家譜』（国立国会図書館蔵）

代背景に想いを馳せ、「いずれは……」と、夢をふくらませて行ったに違いない。

第一巻・第一話「啞の十蔵」と第二話「本所・桜屋敷」には、「火付盗賊改」という役職の説明とともに、天明七年九月に就任した火付盗賊改方の長官・長谷川平蔵という実在の人物を、『鬼平犯科帳』という時代小説の主人公である〝長谷川平蔵〟へ、たくみに発展させて解説がなされている。「鬼の平蔵」の人物像とイメージは、こうして、篇を追うごとに、数々のエピソードをおりまぜて創り上げられて行く。

『寛政重修諸家譜』その二　養女〝お順〟

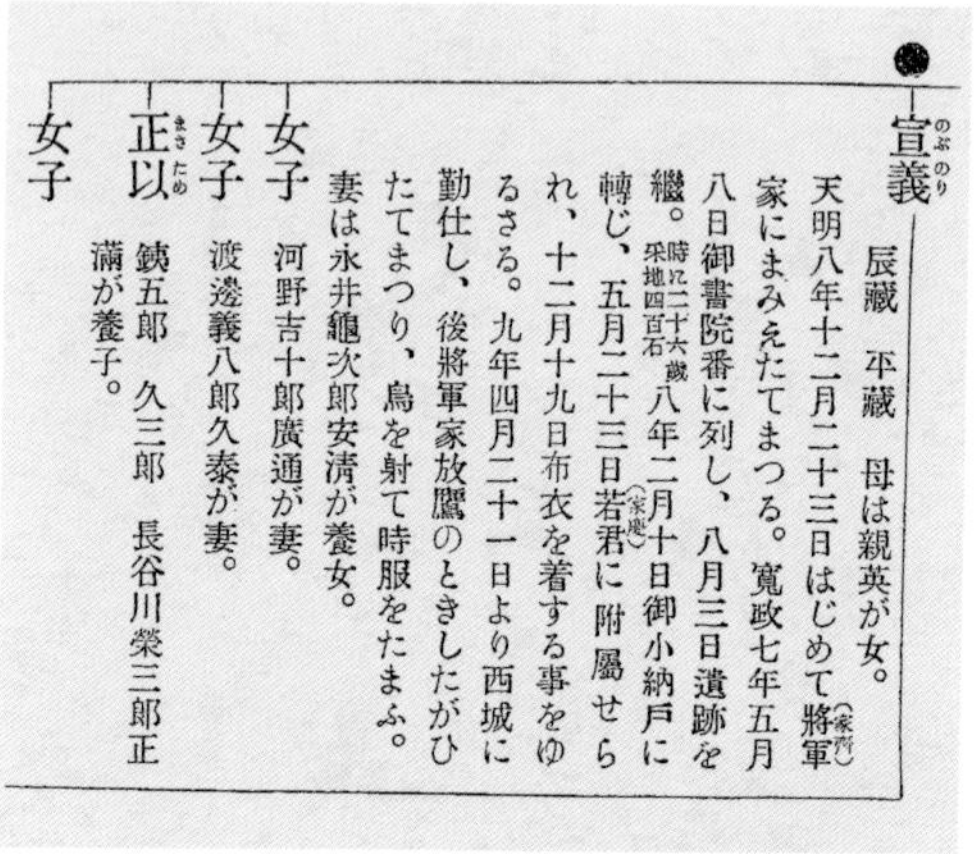

宣義《のぶのり》　辰蔵　平蔵　母は親英が女。
天明八年十二月二十三日はじめて将軍(家齊)家にまみえたてまつる。寛政七年五月八日御書院番に列し、八月三日遺跡を繼。時に二十六歳采地四百石八年二月十日御小納戸に轉じ、五月二十三日若君(家慶)に附屬せられ、十二月十九日布衣を着する事をゆるさる。九年四月二十一日より西城に勤仕し、後將軍家放鷹のときしたがひたてまつり、鳥を射て時服をたまふ。
妻は永井龜次郎安清が養女。

女子　河野吉十郎廣通が妻。

女子　渡邊義八郎久泰が妻。

正以《まさため》　銕五郎　久三郎　長谷川榮三郎正滿が養子。

女子

『寛政重修諸家譜』（国立国会図書館蔵）

『寛政重修諸家譜』には、長谷川平蔵夫婦の子供は、男二人、女三人が記載されている。

この記事をそのまま読むと、長男は宣義《のぶのり》(辰蔵)。次男は正以《まさため》（銕五郎）といい長谷川正満の養子となり、長女は三百石の旗本・河野吉十郎へ嫁ぎ、次女は渡邊義八郎へ嫁いでいて、もう一人、三女がいることになっている。子供は、合計五人である。

原作者の池波さんは、ここに着目。

まず、第一巻・第一話「唖の十蔵」で、長谷川平蔵夫婦の子供は、二男二女の四人とし、『寛政譜』にある三女を、盗賊夫婦の子供で、みなし子となった〝お順〟という女の子を、自分たち夫婦の子供として育てて行くことを思いつく。〝お順〟は、盗賊・下総無宿の助次郎と〝おふじ〟の間に生まれた子供である。

「啞の十蔵」にみる、平蔵夫婦の、このあたりの「会話」と「間」は、何とも味のあるもので、結婚後十五年ほどたった二人の円熟した雰囲気が、行間から伝わってくる。

後に、この話を聞いた密偵・小房の粂八は、えらく感動したという。

池波さんは、長谷川平蔵みずからの生い立ちと重ね合わせ、盗賊夫婦のみなし子〝お順〟を養女にすることによって、「鬼の平蔵」の人間味と懐の広さを示し、これから続く『鬼平犯科帳』のシリーズで、長谷川平蔵の人物像の一端を表現したかったものと思われる。

ちょっと寄り道

同心・酒井祐助は、独身のはずだ!!

「本所・桜屋敷」(第一巻・第二話)に、長谷川平蔵と妻女・久栄が、引き取って育て始めた赤子の〝お順〟についての会話の後で、〝お順〟は、「役宅内の長屋に住む同心・酒井祐助の妻から〔もらい乳〕をし、平蔵夫婦が育てている」と、いう記述があるが、これは少々おかしい。

酒井祐助は、この後の『鬼平犯科帳』では、一貫して独身の同心として描かれていて、「鈍牛」(第五巻・第七話)には、平蔵と酒井祐助の会話として、「酒井。来年は、ぜひとも女房をもらうのだな」と、いうのがある。

酒井同心は、独り者なのである。

従って、ここは、酒井祐助ではなく、妻子五人を養っている同心・山田市太郎あたりにしておくべきではなかったか……。

「鬼平」の笑くぼ

「啞の十蔵」（第一巻・第一話）には、主人公の長谷川平蔵のプロフィールとともに、容姿についても記載されている。「小肥《ぶと》りの、おだやかな顔貌《がんぼう》で、笑うと右の頰に深い笑くぼがうまれたという」と、書かれている。

ところが、この「笑くぼ」、「お雪の乳房」（第二巻・第六話）に、「いいかけて平蔵、ほろ苦い微笑をうかべた。ほろ苦くとも、彼の柔和な顔貌の右の頰に、笑くぼがうかぶ」という記述があるだけで、以後、平蔵の「笑くぼ」についての描写が全くない。

「鬼平」ファンとしては、たまには、「粟田口国綱《あわたぐちくにつな》二尺二寸九分の愛刀に、ぬぐいをかけて鞘《さや》におさめ、ニッコリ笑った平蔵の右頰には……」なんていう描写を読んでみたかったのではないだろうか。例えば、「盗法秘伝」（第三巻・第二話）で、遠州・見付宿の顔役・升屋市五郎の手下を相手に、「たちまち七人、峯《みね》打ちに打ち倒した大刀をぴいんと鍔《つば》鳴りの音も高く鞘へおさめた平蔵へ……」というくだりがあるが、ここらあたりで、右頰の笑くぼを見せて欲しかったものである。

ちなみに、「猫じゃらしの女」（第六巻・第二話）に登場する経師屋で型師の卯之吉は、右の頰に笑くぼがうまれ、本格派の〝ひとり盗《ばたらき》〟の盗賊「雨引の文五郎」（第九巻・第一話）と、「ふたり五郎蔵」（第二十四巻・第二話）の〝髪結いの五郎蔵〟は、ともに、左の頰に笑くぼができる。

『江戸名所図会《ずえ》』

原作者の池波さんが、『鬼平犯科帳』の執筆にあたってたびたび利用したのが、『江戸切絵図』と『江戸名所図会』、『江戸買物獨案内』である。

なかでも、『江戸名所図会』は、日に一度は見たという愛用の地誌で、そこに描かれている神社仏閣や名所古跡、江戸庶民の生活や風俗は、そのまま時代小説を創るきっかけになったようである。

確かに、「凄い……」。

この『江戸名所図会』だけは、見るたびに「凄いものだ……」と感心させられる。これだけ眺めて暮らしても、一生、退屈することはない。

『鬼平犯科帳』の原作の舞台に登場して来る『江戸名所図会』は、「座頭と猿」（第一巻・第七話）の「愛宕権現」を初めとして、「盗賊婚礼」（第七巻・第七話）の駒込神明宮と料理屋「瓢簞屋」の描写、「本門寺暮雪」（第九巻・第四話）であの〝凄い奴〟が入って行った麻布一本松の茶店「ふじ岡」の描写、特別長篇「雲竜剣」（第十五巻）の丸子宿と最明寺の描写、「怨恨」（第二十巻・第四話）の飛鳥明神と千住の小塚原の描写、特別長篇「迷路」（第二十二巻）の三囲稲荷社、鉄砲洲・船松町の薬種屋「笹田屋」と佃島の住吉神社の描写、特別長篇「炎の色」（第二十三巻）の湯島天神境内の様子、「女密偵女賊」（第二十四巻・第一話）の天現寺と毘沙門堂あたりの描写などがある。

これらの挿絵の中に、盗賊や密偵、女を立たせ、これをさらに広域に発展させて、

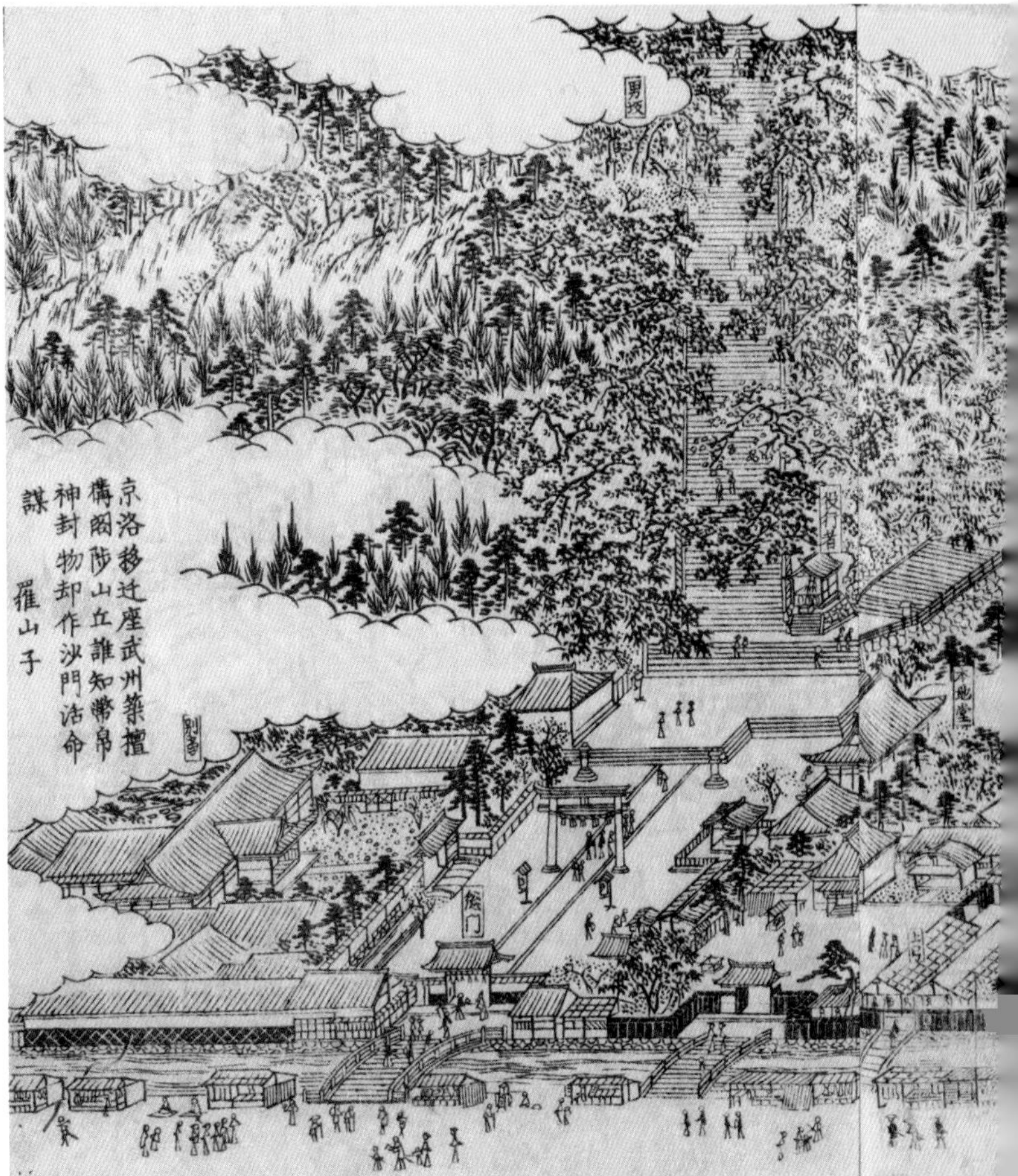

『江戸名所図会』愛宕社總門（国立国会図書館蔵）

『江戸切絵図』の上を縦横に動かして行くと、物語の全体像と進行状態がよく理解できるようになる。

例えば、「座頭と猿」（第一巻・第七話）では、芝の愛宕権現の描写に、この『江戸名所図会』が使われているが、「愛宕山権現社」は、三つの挿絵から構成されている。其一が「愛宕下　真福寺薬師堂」で、其二が「愛宕社　總門」、其三が「山上　愛宕山権現本社図」となっている。其一と其二は続画《つづきえ》である。

池波さんは、ある日、「愛宕山権現社」の三枚の挿絵をながめていて、其二「愛宕社　總門」の絵（前ページ）にひらめく……。

愛宕山の女坂に、茶店「井筒」を想定すると、ここに茶汲女〝おその〟を働かせる……。すると……、もうこれだけで、次々と連想が走り、この日、座頭・彦の市が、愛宕下の医師・牧野家へ療治に出かけた帰り道、「ちょっと、権現様にお参りして……」と話がすすみ、女坂を通りかかる。つづいて、茶店「井筒」に立ち寄り、〝おその〟と出会う。「いい女だ……」ということになって、話がどんどん膨らんで行く。

こんなふうにして、座頭・彦の市と〝おその〟を主人公にして、これに盗賊〝尾君《びくん》子小僧《しこぞう》・徳太郎〟をからめ、「座頭と猿」という物語が創られて行ったのではないだろうか……。

近江屋板《おうみやばん》の江戸切絵図

江戸切絵図は、『近江屋板』の絵図が出版されるまでにも数種類の切絵図があったが、本格的に流通し出したのは『近江屋板』、『尾張屋板』の切絵図である。

「近江屋」は、四谷御門内、甲州街道の麴町十丁目で荒物屋を営んでいたが、当時、江戸では、武家屋敷の門や玄関には表札がなく、麴町や番町一帯に密集する武家屋敷の所在を尋ねて、毎日、多くの人が「近江屋」を訪ねて来た。

「近江屋」は、ここに目を付けて、道案内のための携帯用の『番町繪圖』を刊行したのである。

弘化三年（一八四六年）のことで、大そうな人気となり、道案内用の絵図として、また、国許《くにもと》への土産としても買われ、全国へ広がって行ったそうである。

それから三年後、同じ麴町六丁目で絵草子屋を営んでいた「尾張屋」は、嘉永二年（一八四九年）に、切絵図の出版に参入し、『尾張屋板江戸切絵図』が作られるように

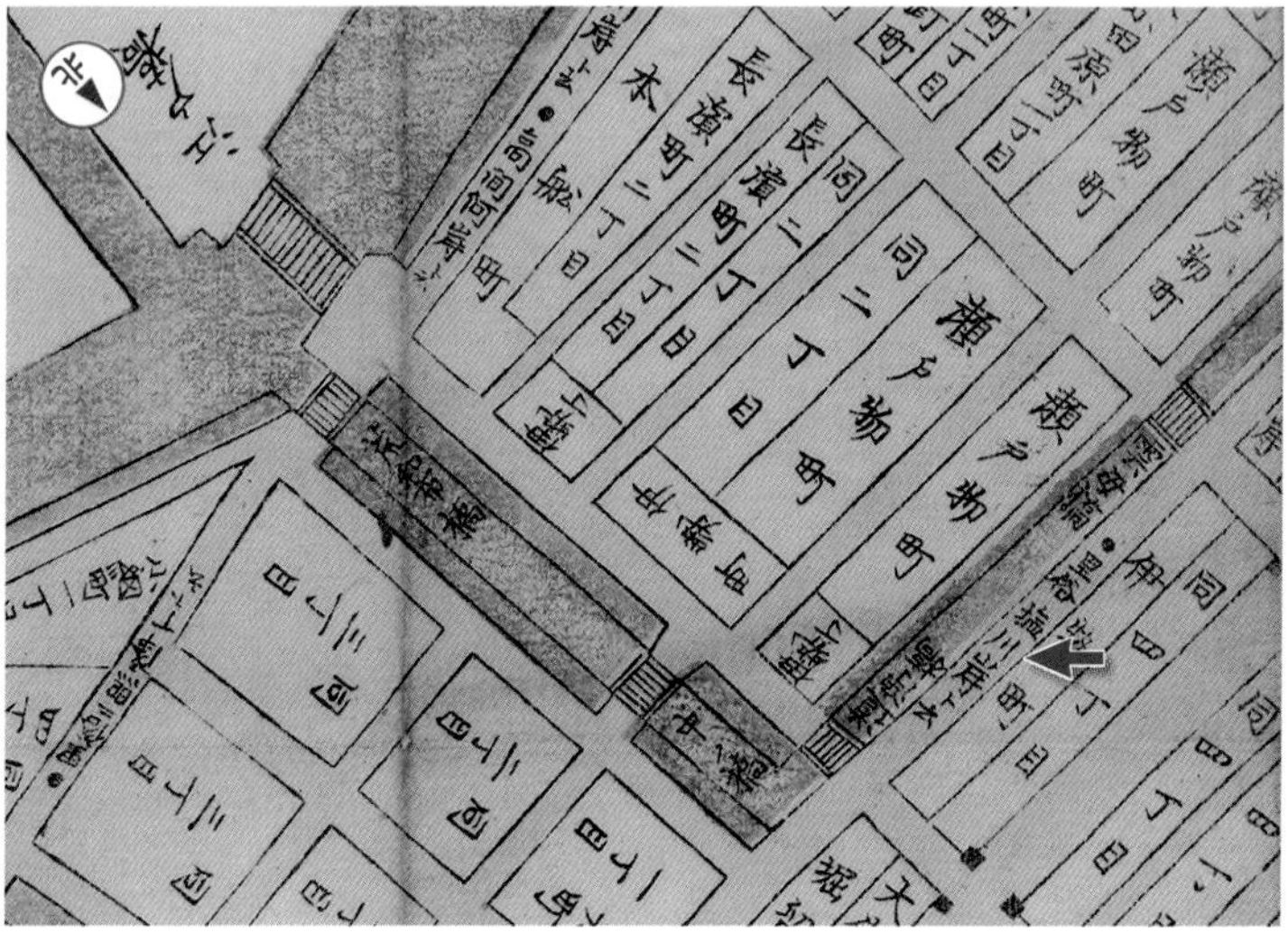

塩川岸／近江屋板「日本橋北神田辺之絵図」（部分）国土地理院蔵

なる。

　原作者の池波さんは、『鬼平犯科帳』の執筆にあたって、主に『近江屋板江戸切絵図』を使用したといわれている。

　「むかしの女」（第一巻・第八話）に登場する「塩川岸」と「深川・藤ノ棚」は、『近江屋板』（嘉永三年）の江戸切絵図にはあるが、『尾張屋板』（嘉永三年）にはない。

　「塩川岸」は、『近江屋板』の切絵図には、日本橋の伊勢町堀（西堀留川）に、「里俗　塩川岸ト云」とあり、「深川・藤ノ棚」は、深川・東平野町の河岸道に、「俗ニ藤ノ棚ト云」と書かれている。

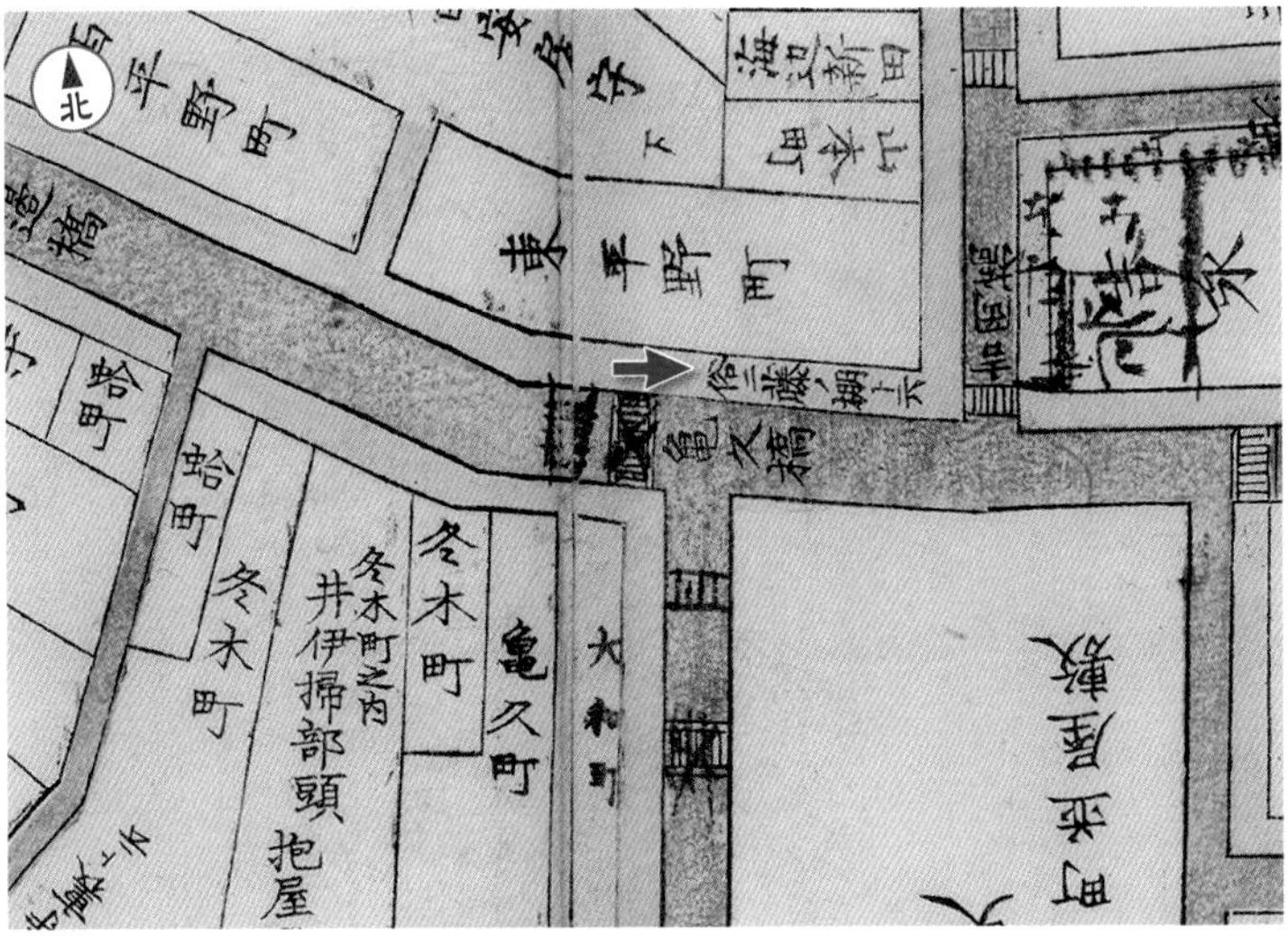

藤ノ棚／近江屋板「深川之内 小名木川ヨリ南之方一円」（部分） 国土地理院蔵

また、「寒月六間堀」（第七巻・第六話）で、猿子橋を六間堀川南端の橋としているが、これも『近江屋板』（嘉永四年）の切絵図ではその通りだが、『江戸東京重ね地図』（中川恵司 編）と『尾張屋板』（文久二年）には、猿子橋の南、小名木川河口にもう一本橋が架かっている。『江戸・町づくし稿』（岸井良衛 著）にも、「安政図では、小名木川に近く、もう一つ橋があるが無名。書物にも記録がない」と書かれている。

このように、池波さんは、『近江屋板』の江戸切絵図を用いて話を進めている。

粟田口国綱《あわたぐちくにつな》二尺二寸九分

長谷川平蔵が、『鬼平犯科帳』の中で、最初に刀を抜いたのは、「本所・桜屋敷」（第一巻・第二話）である。

平蔵が、本所の出村町の高杉銀平道場の跡地を訪れ、二十年ぶりに、剣友・岸井左馬之助の手荒い出迎えを受けたときのことである。

さすが、高杉道場の「竜虎」といわれた二人、その呼吸はピッタリで、二十年振りの再会にふさわしい一幕であった。

だが、このとき抜いた刀の「銘」が何であったかは書かれていない。

平蔵が、盗賊や無頼浪人相手に刀を抜いたのは、「むかしの女」（第一巻・第八話）で、雷神党の首領・井原惣市を、居合術で、一刀のもとに斬りたおしている。ところが、このときも、どんな「銘」の刀を使ったのか記載がない。

初めて、「銘」が書かれた刀を使ったのは、「妖盗葵小僧」（第二巻・第四話）の最後

「粟田口国綱二尺二寸九分」太刀　銘　国綱（日枝神社所蔵）

の場面である。このとき使われた刀は、柳生拵《ごしらえ》の「井上真改《いのうえしんかい》」二尺三寸余の刀で、「粟田口国綱」ではない。

長谷川平蔵の愛刀「粟田口国綱二尺二寸九分」が初めて登場するのは、「兇剣」（第三巻・第四話）である。大坂の香具師《やし》の元締で盗賊でもある高津の玄丹がはなった十三人の浪人刺客を相手に、雨の大和・柳本の半里北の街道である。

以後、折にふれ、「粟田口国綱」の銘刀が登場して来る。

「鬼平」ファンとしては、一度は、実物の「粟田口国綱二尺二寸九分」を見てみたいと思うのは当然のことで、写真は、赤坂の日枝神社所蔵の「粟田口国綱二尺二寸九分」である。

「浅草・御厩河岸《おうまやがし》」細見

「浅草・御厩河岸」は、昭和四十二年の『オール讀物』（文藝春秋）十二月号に掲載された、池波さんの時代小説の一篇である。

すなわち、翌、昭和四十三年の一月号から始まった『鬼平犯科帳』の連載に先行して発表されたもので、『鬼平犯科帳』誕生の契機となった作品である。

あらすじは、もと盗賊で、火付盗賊改方の与力・佐嶋忠介の密偵をつとめる岩五郎は、浅草・三好町の御厩河岸で居酒屋「豆岩」を営んでいたが、ある日、昔の盗賊仲間に誘われて、盗賊・海老坂の与兵衛の「盗《つと》め」に加わることになる。本格派の盗め人・与兵衛の押し込み計画と準備状況を聞き、岩五郎は、久し振りに盗賊としての血が騒ぐ。海老坂の与兵衛が狙うは、本郷一丁目の醬油酢問屋「柳屋吉右衛門」方。しかし、岩五郎は、与力・佐嶋忠介と真の盗賊・海老坂の与兵衛との間に立って、義理と人情の板ばさみとなり、家族を連れて夜逃げをしてしまう……。寛政元年夏の話である。

「浅草・御厩河岸」は、時代設定が、すでに、「寛政元年」と書かれているので、『鬼平犯科帳』のシリーズとしては、第四話として収められている。

従って、第一話の「唖の十蔵」から順に読み進めて来ると、「何か、チョット違う……」ことに気付く。しいて言うなら、第一話からの継続性とリズムが少々違う。

例えば、第二話「本所・桜屋敷」で、二十年ぶりに再会した剣友の岸井左馬之助が、すでに、この「浅草・御厩河岸」で、乞食坊主の格好をして密偵のような役割をしている。これは、第六話「暗剣白梅香」（寛政二年初春の話）最後の、船宿「鶴や」の場面で、長谷川平蔵と左馬之助が一献酌み交わすところがあるが、このとき、左馬之助が、平蔵へ「お前さんの御役目を蔭ながら手伝ってみたいな」という記述があり、両者の整合性がとれない。

この話の主人公・岩五郎の生まれ故郷・越中の伏木と、彼が幼い頃を過ごした高岡を訪ねてみた。

原作に、「おれが故郷《くに》じゃあね、しんこ泥鰌といって、小ゆびほどの小せえ泥鰌がとれる。父ちゃんは、こいつを鍋へ入れてね、ごぼうをこう細く切って、味噌の汁を

泥鰌の蒲焼

つくるのがうめえのさ。大きい鍋にいっぱいこしらえてよ。おっ母と三人で、ふうふういいながら何杯も汁をすするんだ」と、岩五郎が、女房〝お勝〟へ言うくだりがある。今回は、越中の高岡で、この「泥鰌」を食べてみようと思いついたわけである。ところが、筆者は、この「どじょう汁」が苦手。そこで、写真のような「泥鰌の蒲焼」を食べて岩五郎を偲ぶことにした。高岡の町には、「泥鰌の蒲焼」を売る店があり、店先には、こんがりと焼かれた串刺しの泥鰌が、大きな皿に山盛りとなって並んでいる。

今でもそうだが、高岡をはじめ、この地方では、昔から「泥鰌」がよく食されたそうで、原作者の池波さんも、そんな風習を「浅草・御厩河岸」の主人公・岩五郎に託したものと思われる。

盗賊の品格

原作者の池波さんは、『鬼平犯科帳』で、「良い盗賊」と「悪い盗賊」を峻別している。

その判断基準となるものが、「盗《つと》め」の「三カ条の掟」である。すなわち、この「三カ条の掟」を守って「盗め」をするものは「良い盗賊」、この掟に反し、まっとうな暮らしをしている者から盗んだり、人を殺傷したり、女を手ごめにする盗賊は、「悪い盗賊」なのである。

さて、『鬼平犯科帳』にはたくさんの盗賊が登場して来る。その数、五百人余りと言われている。

「良い盗賊」の代表格として、たびたび引き合いに出されるのが簑火《みのひ》の喜之助や初代の狐火《きつねび》の勇五郎である。

ところが、簑火の喜之助も初代・狐火の勇五郎も、『鬼平犯科帳』の中では、実際に組織的で大規模な本格の「盗《つと》め」はやっていない。両者とも、盗賊や長谷川平蔵、密偵の〝おまさ〟や彦十の口を借りて、かつては「こうだった……」と述懐されているに過ぎず、篝火の喜之助を主人公にした「老盗の夢」（第一巻・第五話）も、晩年の喜之助のエピソードと「散りぎわ」を物語にしたものである。「狐火」（第六巻・第四話）は、二代目・狐火の勇五郎の座を争ったお家騒動で、初代・勇五郎の「盗め」の話ではない。

では、全百三十五話の中で、本格派の「盗め」をする「良い盗賊」は、というと、「浅草・御厩河岸」（第一巻・第四話）に登場する〝海老坂の与兵衛〟と「墨つぼの孫八」（第十三巻・第四話）の主人公〝孫八〟、「一本眉」（第十三巻・第六話）の〝清州の甚五郎〟、「討ち入り市兵衛」（第二十一巻・第四話）の主人公〝蓮沼の市兵衛〟である。

彼等は、正に、真の盗賊。

たとえば、海老坂の与兵衛は、「良い盗賊」の典型的な人物で、「なにしろ脅しの刃物なぞというものは剃刀ひとつ持って行かぬ……」という、小気味のいい記述がある。また、墨つぼの孫八は、押し込み先の建物に傷をつけないことも本格派の盗賊のプライドだと言っている。

このように、「三カ条の掟」を守るだけでなく、十分な計画と準備はもとより、配下の者の安全への配慮、盗みに入る相手の家屋敷のことまで気を配ることが、真の盗賊たる所以《ゆえん》で、これすなわち、本格派の盗賊の矜持《きょうじ》であり、彼等にとっては、命より大切な「品格」なのである。

『鬼平犯科帳』で、たびたび引き合いに出される、真の盗賊が守らなければならない金科玉条の「三カ条のモラル」を挙げておく。

一、盗まれて難儀をするものへは、手を出さぬこと。

一、つとめするとき、人を殺傷せぬこと。

一、女を手ごめにせぬこと。

盗賊札《とうぞくふだ》

盗賊が、押し込み先へ、「この盗《つと》めは、自分がやったものである」という犯行声明に、イラストのようなものを現場に残して行った。

これが「盗賊札」と呼ばれるものである。

「盗賊札」は、本来、本格派の盗賊が、「この盗めは、盗賊界の三カ条の掟を守り、自分が行《おこな》ったものである」という盗めの「品格」と「芸」と「プライド」を世に示したもので、「狐火」(第六巻・第四話)で語られている初代・狐火の勇五郎が使った「狐火札」や「ひとり盗」の盗賊・雨引きの文五郎が残して行った「鬼花菱の盗賊札」(第九巻・第一話)、「白根の万左衛門」(第十六巻・第三話)が残した「白根万左衛門」の木版刷りの白紙などがある。

ところが、『鬼平犯科帳』の中で、「盗賊札」が初めて使われたのが「血頭の丹兵衛」(第一巻・第三話)で、このときの犯行は、「急ぎばたらき」である。前述の「狐火」

に登場する勇五郎の息子・文吉が残した「狐火札」も「畜生ばたらき」の証としてである。

「急ぎばたらき」、「畜生ばたらき」と呼ばれるものは、押し込み先の家の者や奉公人を皆殺しにするもので、これは、ひとえに目撃者を抹殺して犯行が知れることを防ぎたいからで、証拠となるようなものは極力残さないようにするのが彼等、「畜生ばた

血頭の丹兵衛

狐火の勇五郎

雨引の文五郎

白根の万左衛門

らき」の盗賊のやり口のはずだ。

従って、「盗賊札」を、わざわざ押し込み先に残しておくのはおかしいわけで、これは、ひとえに、盗賊の自己顕示欲の現れと、盗賊改方への挑戦に他ならない。

ちょっと寄り道

史実から……

「血頭の丹兵衛」（第一巻・第三話）の書き出しに、長谷川平蔵が五か月ぶりに清水門外の役宅へあらわれ、「啞の十蔵」事件で捕えた盗賊・小房の粂八と再会する場面がある。

これは、平蔵が天明七年（一七八七年）九月十九日に火付盗賊改方の「助役」に就任し、翌、天明八年四月二十八日に一旦解任され、十月二日に、「本役」として再び現場に復帰するという「史実」を念頭に書かれたものである。

針《はり》売り

「むかしの女」（第一巻・第八話）で、主人公の〝仙台堀のおろく〟と〝おもん婆さん〟が稼業にしていたのが「針売り」である。

当時の江戸には、多くの行商人が氾濫していたが、「針売り」は、力仕事を必要とせず、老婆にも適した職業だった。

二人は、「針や針。みすや針はよろし」という掛け声で、江戸の町中を針を売って歩き、細々と暮らしていた。

この頃の針は、「宮中の御用針司」となった京都・三条にある「みすや」の針が、もっとも良質なものとされ、旅人によって全国へ知られて行った。

「みすや」の名工がつくる針は、針穴が大きくて丸く、針穴の内側もきれいに磨き上げて、糸を通しやすくしてあったそうで、この秘伝の技術が、外に漏れないように、「御簾《みす》」の中で仕事をしていたところから「御簾屋」の屋号を賜ったとか。

「みすや針」を求めて、京都の三条河原町にある「三條本家みすや針」を訪ねた。十七代目の当主・福井光司さんにお会いして、『鬼平犯科帳』の原作の舞台を説明し、京都へやって来たわけを話すと、にっこり笑い、左記のように説明して下さった。福井さんは、大の「鬼平」ファン。今でも、テレビで放映される『鬼平犯科帳』を観るのが楽しみの一つだと言う。

いっぺんに、話が核心に触れ、「みすや針」について御教示頂いた。

当時、江戸で、「みすや針はよろし」と、町をながし歩く「針売り」には、種々雑

針売り
「花容女職人鑑」（国立国会図書館蔵）

多の針があり、「本みすや」などと包に書かれてあるものも、その品質は、必ずしも良いものばかりではなかった。この頃は、まだ、商標登録制度のなかった時代なので、「本舗」、「本家」、「元祖」などが乱立し、裏長屋に住む浪人が内職で作った針まで、「みすや針」のレッテルを貼って売り出していたそうである。

従って、〝仙台堀のおろく〟や〝おもん婆さん〟が売り歩いていた「みすや針」などというものは、「推して知るべし……」といったところだろう。

以上、「三條本家みすや針」十七代目の弁である。

人足寄場《にんそくよせば》

面白いエピソードがある……。

今から十年ほど前、筆者が『鬼平犯科帳』を読み始めたころ、「火付盗賊改」、「長谷川平蔵」、「人足寄場」といった語句が、はたして、「学校の教科書に載っているものか、どうか……」と思い、当時の高等学校の日本史の教科書を購入したことがある。

平成二十年二月発行の日本史B（東京書籍）には、「さらに江戸市中に増加していた無宿人（浮浪人）の滞留を治安維持の名目できびしく取り締まる一方で、一七九〇（寛政二年）年には火付盗賊改長谷川平蔵の意見を採用し、江戸の石川島に〔人足寄場〕を設立して浮浪人や軽い罪を犯した者などを収容し更生施設とした」と書かれている。

「我が意を、得たり……」と、ばかりに喜んだ。

ところが、どうだ、平成三十一年二月発行の日本史Bのすべての教科書には、「人足寄場」の記事はあるが、「火付盗賊改」も「長谷川平蔵」の文字も消えているではないか。

これは、どうしたわけだ……。

江戸時代も、八代将軍・吉宗の頃になると、「無宿人」が年々増加して社会問題となり、治安対策とともに、徳川幕府の懸案事項のひとつになっていた。

幕府は、安永七年（一七七八年）、勘定奉行・石谷清昌の発案を採用して「佐州水替人足」の制度を設けたり、安永九年（一七八〇年）、南町奉行・牧野大隅守成賢の発案による深川・茂森町の「無宿養育所」の開設を施策するなど、これまでにも、数々の「無宿人」対策が行われてきたが実効が上がらなかった。

こうした経緯を経て、ときの老中首座・松平定信は、天明以後、ますます増加する「無宿人」の更生と治安維持を目的として、これまでの「無宿養育所」の失敗を総括し、寛政二年（一七九〇年）に創設されたのが「人足寄場」である。命を受けた火付盗賊改方の長谷川平蔵が、実際の寄場建設と運営の具体案を建言し、開設にあたって「人足寄場取扱」を兼務するようになる。

従って、老中・松平定信や長谷川平蔵の独創的な発想によるものではないことは、確かなことである。

だが、「人足寄場」の成功は、その後、日本各地に広がり、近世の我が国の保安処分や自由刑の始まりとされる施設となる。かかる観点からも、長谷川平蔵の功績は、高く評価されるべきものであろう。

ところが、現在の日本史の教科書から、こうもあっさり削除されていると、「残念……」としか言いようがない。もう少し、「人足寄場」の歴史的な意義にふれて、せめて、「火付盗賊改」、「長谷川平蔵」の名前くらい教科書の何処かに残しておいて欲しかったものである。

『鬼平犯科帳』では、「人足寄場」に関する記述は、「むかしの女」(第一巻・第八話)を初めとして、「蛇の眼」(第二巻・第一話)、「山吹屋お勝」(第五巻・第六話)、「殿さま栄五郎」(第十四巻・第三話)、特別長篇「雲竜剣」(第十五巻)に見るだけである。

原作者の池波さんが、「人足寄場」については、あまり突っ込んだ書き方はせず、むしろ、さらりと流しているのは、こうした歴史的背景と議論を考慮してのことなのかも知れない……。

浅草・新鳥越町四丁目の光照寺《こうしょうじ》

久しぶりに、江戸切絵図を持って浅草へやって来た。

「浅草・新鳥越町四丁目の光照寺」（現：台東区清川一－八－一一）は、《『鬼平犯科帳』ゆかりの地》のスタート地点である。

第一巻・第一話「唖の十蔵」の冒頭に出て来る寺で、もちろん、『鬼平犯科帳』全二十四巻、百三十五話に登場する最初の《ゆかりの地》である。

十数年にもなろうか、取材で初めてこの「光照寺」を訪れたとき、寺の寺号額が「光照院」となっていて、その字の違いに、漠然とした疑問と『鬼平犯科帳』探索への闘志が湧いてきたことが、つい昨日のことのように想い出される。

「光照寺」という名称は、切絵図の間違いで、正しくは「光照院」である。「近江屋板」、「尾張屋板」の切絵図では、ともに、「光照寺」と表示されているが、『復元・江戸情報地図』（朝日新聞出版）、『江戸東京重ね地図』（中川惠司 編）では「光照院」と

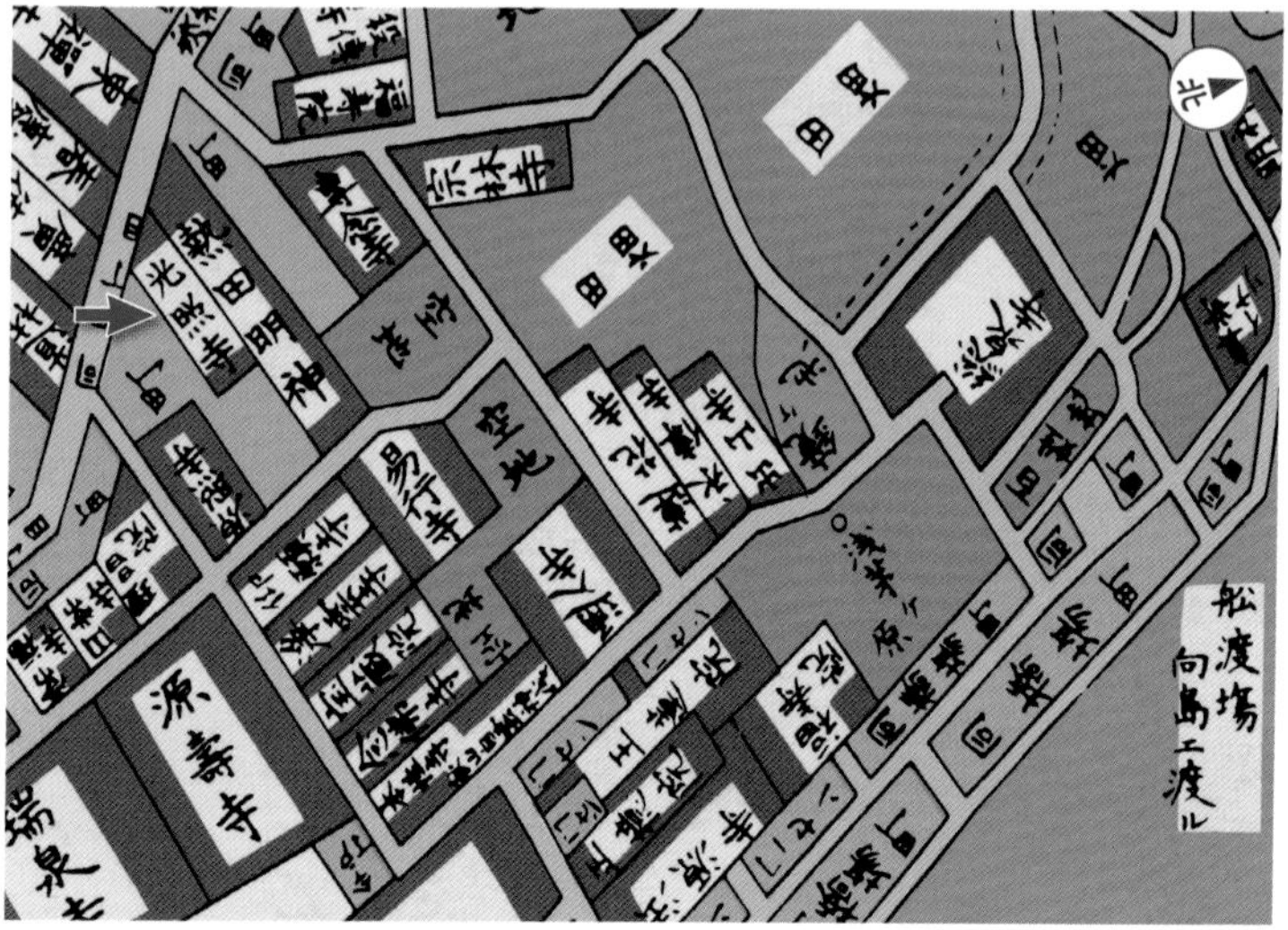

光照寺／復刻版江戸切絵図〈今戸箕輪〉浅草絵図（部分）

なっている。

ひとまわり附近を歩いてみて、第一話「唖の十蔵」の原作の舞台を再確認してみた。

だいたい、江戸切絵図の通りだが、光照寺の参道の向きや、「吉野通り」（旧：奥州道中）と光照寺の間に路地が一本できていることが、当時と大きく変わった点である。

もう一つ。切絵図には、光照寺の北隣に「熱田明神」という神社が描かれているが、現在はなくなっている。跡地は、「細野駐車場」となっていて、「熱田明神」は、関東大震災後、昭和二年に、近くの今戸二－一三－六へ、「熱田神社」と改称して移転している。

台東区清川一‐七にある「細野駐車場」の敷地には、塀ぎわに、写真のような名もない小さな社が建っているが、これが、もとこの地に「熱田明神」があったことを示している。

熱田明神移転の跡にある小さな社

船宿「鶴や」は、誰のものだ……？

深川・石島町の船宿「鶴や」は、「暗剣白梅香」（第一巻・第六話）に初めて登場して来る。

以後、「鶴や」は、本所・二ツ目の軍鶏鍋屋《しゃもなべや》「五鉄」やお熊婆さんの茶店「笹や」とならんで、火付盗賊改方の前線基地となっている。

「暗剣白梅香」の最後のクライマックスでは、この船宿「鶴や」が舞台となって展開し、意外な結末を迎えることになる。

長谷川平蔵を暗殺せんとつけ狙う殺し屋の浪人・金子半四郎が、平蔵と岸井左馬之助が酒を飲んでいる「鶴や」へ斬り込んで来るのだが、一瞬早く、船宿の亭主・利右衛門の出刃包丁が、半四郎の腹をえぐるという話である。金子半四郎が、二十数年捜し求めていた親の敵が、利右衛門（本名・森為之助というもと武士）で、半四郎は返り討ちにあったというわけである。

この事件の落着後、平蔵は、利右衛門へ、「まあ、まる一年は江戸を留守にすることだな……」と言い、また、「来年の今ごろ、お前さんが帰って来たら、このままのすがたで鶴やが待っている」とも言っている。こうして、利右衛門は、ほとぼりが冷めるまで、奥さんの故郷である近江へ帰って行く。

ところが、その後の船宿「鶴や」、何年たっても利右衛門が帰って来た形跡がない。相変わらず、密偵・小房の粂八が亭主におさまって、延々と、『鬼平犯科帳』のシリーズが進行している。

本来、船宿「鶴や」は、利右衛門のものだ。

その後、利右衛門についての記述は、「むかしの女」(第一巻・第八話)に、「いま、鶴やの亭主・利右衛門夫婦は金子半四郎を返り討ちにしてから、しばらく江戸をはなれてい、あとは、平蔵の密偵・小房の粂八が亭主がわりとなっていたのである」と、ある。また、「妖盗葵小僧」(第二巻・第四話)には、「前の主人・利右衛門夫婦が近江から帰るまで〔鶴や〕をあずかっている粂八だが……」とあるが、屋内をかってに改装して盗聴できる「仕かけ部屋」まで造っている。「浅草・鳥越橋」(第九巻・第五話)、「高杉道場・三羽烏」(第十二巻・第二話)では、覗き見る「隠し部屋」を造り、怪しい客の監視にあたっている。ここでは、利右衛門についての記述は、近江の国へ帰った

殺し屋・金子半四郎の故郷、伊予の大洲城の桜

ことが書かれているに過ぎない。

利右衛門の消息については、とんと、記載がなく、その後どうなったのか不明である。

いったい、船宿「鶴や」は、誰のものなのか……。

筆者としては、近江へ帰った利右衛門から、ある日、長谷川平蔵のもとへ便りがあり、

「拝啓、長谷川様には益々お元気で御活躍のことと推察いたします。日夜、盗賊追捕と江戸の治安維持のため、危険も顧みず御苦労なさっておりますこと、ただただ、恐れ入るばかりでございます。〔暗剣白梅香〕事件では大変お世話になり、感謝の言葉もございま

せん。さて、小生、妻と二人、すっかり近江の水にもなじみ、つつがなく余生を送っております。昨年秋には、当地において居酒屋〔利久〕を開業し、順調に営業を続けております。つきましては、もう江戸へ帰るつもりはございませんので、どうぞ、〔鶴や〕はご自由にお使いください。かさねがさねのお願いで、恐縮するばかりです。岸井左馬之助様にもよろしくお伝えくださいさい。敬具」

以上のような主旨のいきさつを、原作のどこかに書いて欲しかったものである。

「谷中・いろは茶屋」細見

「谷中・いろは茶屋」（第二巻・第二話）は、『鬼平犯科帳』の登場人物の中でも人気者で、数々の話に登場して来る火付盗賊改方の同心・木村忠吾のデビュー篇である。

あらすじは、木村忠吾が、谷中の天王寺門前にある岡場所「いろは茶屋」の娼婦〝お松〟に熱を上げ、せっせと通いつめていたが、内勤の事務方に勤務交代となり、外出できなくなってしまう。ある夜、忠吾は、〝お松〟恋しさに役宅の長屋をぬけ出し谷中へ向かう。善光寺坂を上って一乗寺の角を曲がったところで、黒装束の盗賊団を目撃する……。寛政三年、夏のことである。

この話の最後に、長谷川平蔵が、木村忠吾へ「いろは茶屋も、明日かぎりとなった」と言い、老中・松平定信の緊縮政策の一環として、取りつぶしになることを忠吾に教える。

ところが、この「いろは茶屋」、この後の『鬼平犯科帳』で何回か舞台となっている。「狐雨」（第九巻・第七話）〔寛政六年〕、「白蝮」（第十二巻・第六話）〔寛政七年〕などである。

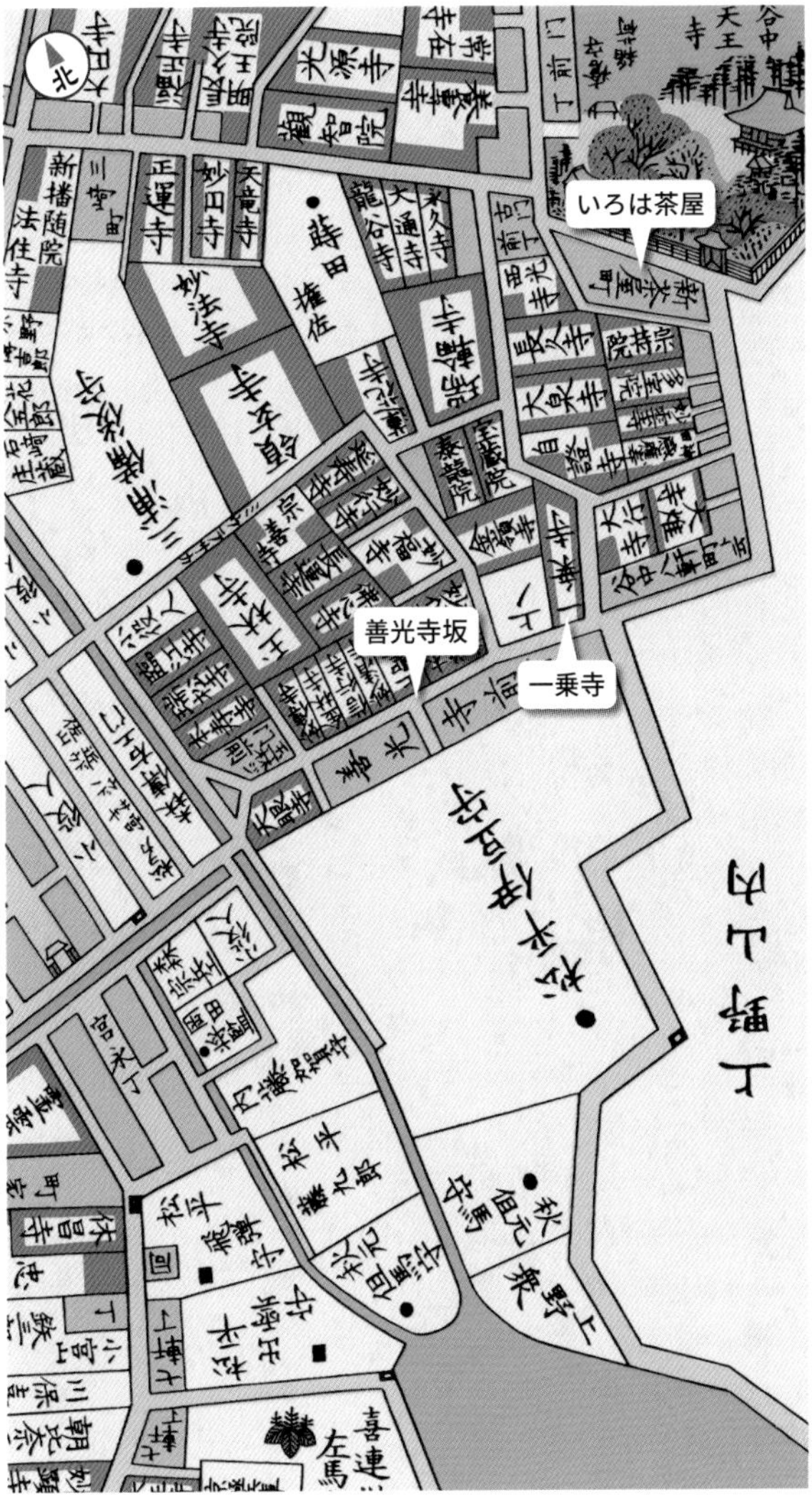

復刻版江戸切絵図〈小石川谷中〉本郷絵図（部分）

これは、どうしたわけだ？

谷中の「いろは茶屋」ができたのは、貞亨の頃とも元禄の頃とも宝永の頃ともいわれ定かでないが、その後もずっと、営業を続けて来た。

そこで、実在した、谷中・天王寺門前にひらかれた岡場所「いろは茶屋」の閉鎖時期について調べてみると、「いろは茶屋」は、火災による一時的な中断はあったものの、天保十三年（一八四二年）の幕府による廃止令が出るまで続いていたそうである。

これは、原作者の池波さんが、木村忠吾を諭すために用いた方便なのか。老中・松平定信から「いろは茶屋」取り潰しの発案が、内々にあったが、実際には禁止されなかったのか定かでない……。

実在しない寺

「鬼平」ファンも数あれど、原作を読んで、登場する神社仏閣などを切絵図で探すようになってくると、相当なものだ。

原作者の池波さんは、『鬼平犯科帳』の執筆にあたって辞書のように手元に置き、たびたび参考にしたものが『江戸切絵図』、『江戸名所図会』、『江戸買物獨案内』である。

なかでも、『江戸切絵図』は、読者を一挙に江戸時代に引き入れてくれる重要なもので、盗賊や密偵、同心は、この切絵図の上を移動して、物語が進行して行く。

「谷中・いろは茶屋」（第二巻・第二話）を例にとると、同心・木村忠吾が、〝お松〟恋しさに、清水門外の役宅の長屋を抜け出し、谷中の「いろは茶屋」へ行くくだりに、「忠吾は、通いなれた善光寺坂をのぼりきり、一乗寺の横路へ入った……」というように、寺院はその地域の目印か信号のような役割をしている。

従って、われわれ読者にとっては、ストーリーを追いながら、原作に登場する神社仏閣や坂、堀、橋などをチェックし、話の舞台を確認しながら読み進めて行くのも、『鬼平犯科帳』の愉しみ方の一つである。

「切絵図」で、該当する地域の、目指す寺院や坂を探し、お目当ての寺が存在したときの「なるほど……！」は、『鬼平犯科帳』読破の原動力となる。

ところが、原作に登場する寺が、どう探しても切絵図上に見当たらないことがある。例えば、「谷中・いろは茶屋」の「浩妙寺」や「流星」（第八巻・第四話）に登場して来る巣鴨・庚申塚近くの「本明寺」、「五月雨坊主」（第十巻・第四話）に出て来る谷中の「天徳寺」、「高杉道場・三羽烏」（第十二巻・第二話）の巣鴨の「徳善寺」などは、切絵図にはない。

すなわち、「実在しない寺」である。

これは、これらの寺が盗賊に押し込まれて殺傷などの被害を受けたり、不名誉な出来事があったためで、池波さんが、その辺の事情に配慮して架空の名前にしたと思われる。

本所・源兵衛《げんべえ》橋たもとの蕎麦屋「さなだや」

本所・源兵衛橋（後の枕橋）の北詰にある蕎麦屋「さなだや」が、『鬼平犯科帳』に初めて登場してきたのは、「蛇の眼」（第二巻・第一話）で、長谷川平蔵と盗賊・蛇《くちなわ》の平十郎が、偶然、出会った場所として描かれている。

このとき、平蔵を見た平十郎は、彼を火付盗賊改方の長官・「鬼の平蔵」と認識していたが、平蔵は、平十郎を、「何となく怪しい奴……」と看ただけで、大盗・蛇の平十郎とは判らなかった。

原作には、「「さなだや」のうしろは水戸家・下屋敷の宏大な木立がひろがってい、右手は大川。源兵衛橋の対岸の中ノ郷の瓦焼きの仕事場がならぶしずかな場所だ」と、「さなだや」の位置について説明されている。

次に登場したのは、「妖盗葵小僧」（第二巻・第四話）で、長谷川平蔵が、「竜淵堂」の内儀〝お千代〟を連れて入った蕎麦屋として書かれているが、店の位置について詳

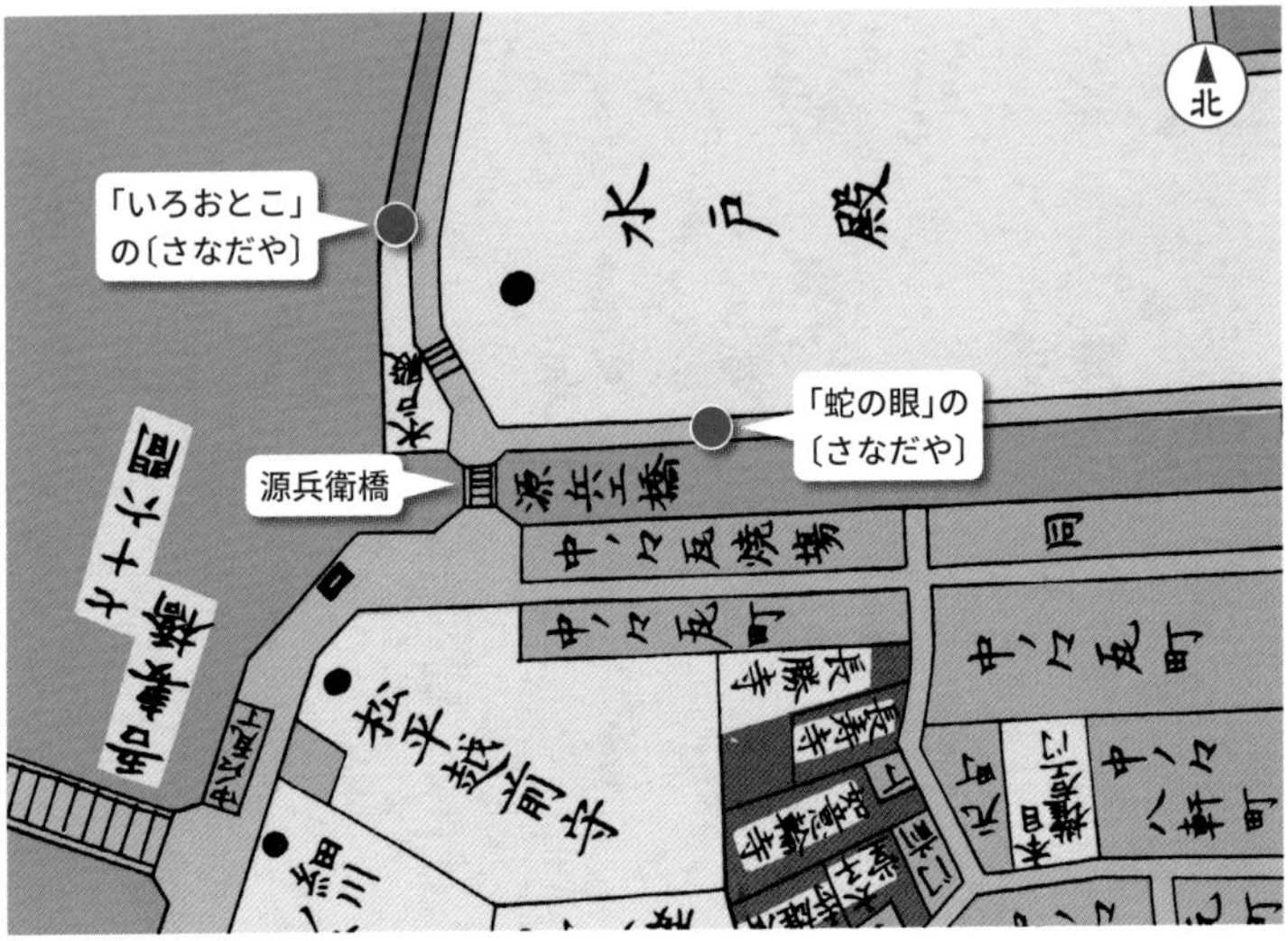

復刻版江戸切絵図　隅田川向嶋絵図（部分）

しい描写はない。

「いろおとこ」（第十二巻・第一話）では、蕎麦屋「さなだや」は、主人公の火付盗賊改方の同心・寺田金三郎と〝おせつ〟が入った店として描かれている。

原作には、「〔さなだや〕は老夫婦がやっている店で、西は大川。東は道をへだてて水戸家の下屋敷というしずかな場所にあり、二階に小座敷が一つある」と書かれている。

供覧した「尾張屋板」の江戸切絵図で上記の描写をたどり、正確な「さなだや」の位置を特定しようとするが、微妙な違いに気付く。

原作の記述に沿って、「さなだや」

の位置を、絵図上に記入すると、「蛇の眼」の「さなだや」と、「いろおとこ」の「さなだや」とは、少しずれてしまう。

しかし、こういう些細なことは、どうでもよいことで、原作のだいたいの舞台と、雰囲気がわかれば十分なのである。

現在、源兵衛橋は「枕橋」と改称されて、橋も道路も周辺の建物もきれいに整備され、ここから見上げる「東京スカイツリー」は見事なものである。橋の北詰へ出ると、かすかに、原作の舞台がよみがえって来る。

「蛇の眼」の事件も解決して、長谷川平蔵と岸井左馬之助が、源兵衛橋北詰の蕎麦屋「さなだや」で酒をくみかわす場面がある。ここに「……すいと塒《ねぐら》を立つ白鷺《しらさぎ》の、残す雫《しずく》か、露か涙か……」という舟唄の文句が書かれているが、これは、清元「隅田川」の一節である。

しずかな夏の夕暮れどきであった……。

火付盗賊改方の「四谷の組屋敷」

原作者の池波さんは、火付盗賊改方の役宅を、江戸城清水門外に構え、長谷川平蔵の私邸を目白台に、組下の与力や同心の住居を「四谷の組屋敷」に設定した。

史実では、火付盗賊改方の役宅は、長官となった先手組の組頭の私邸が役宅として使われたので、長谷川平蔵の役宅は、私邸があった本所・三ツ目である。また、組屋敷は、目白台にあった。

この「組屋敷」だが、第一巻・第一話「唖の十蔵」では、盗賊改方の長官が堀帯刀《たてわき》なので、組屋敷も「牛込・矢来下」となっている。長谷川平蔵に交代してから、第二巻・第二話「谷中・いろは茶屋」で、初めて、「四谷の御先手組・長屋」という記述になり、第二巻・第六話「お雪の乳房」から「四谷の組屋敷」という言葉で書かれ始めている。

以後、しばらくは、「四谷の組屋敷」が使われているが、初めて、「四谷の坂町」に

復刻版江戸切絵図〈千駄ヶ谷鮫ヶ橋〉四ッ谷絵図（部分）

「坂町坂」の標柱

ある御先手組の組屋敷が登場してきたのは、「流星」（第八巻・第四話）からである。

この話の最初の部分に、同心・原田一之助の妻〝きよ〟が、組屋敷の長屋から四谷御門外にある菓子屋「加賀屋」へ買い物に行き、帰りに、上方の盗賊・生駒の仙右衛門が放った殺し屋に斬り殺されてしまうくだりがある。これまで「四谷」として、漠然とした表現で話がすんで来た組屋敷も、「四谷・坂町」と具体的に特定しなければ、妻〝きよ〟が殺害される過程を説明できなくなったわけである。

その後、火付盗賊改方の組屋敷は、「四谷の組屋敷」と「四谷坂町の組屋敷」という両方の言葉が使われている。

前頁に、「四ッ谷の切絵図」と、現在、四谷坂町にある「坂町坂」の標柱の写真を供覧した。

「麻布ねずみ坂」

『鬼平犯科帳』の中で、「よく出て来る場所」の一つが、「麻布ねずみ坂」である。

この坂は、池波さんのお気に入りのようで、何度も登場して来る。

最初は、第三巻・第一話で、話のタイトルも「麻布ねずみ坂」となっている。

あらすじは、前篇「埋蔵金千両」事件で、盗賊・小金井の万五郎を指圧でよみがえらせた中村宗仙が、京都で、大坂の香具師の元締・白子の菊右衛門の妾〝お八重〟に手を出し、バレてしまう。さんざん脅されたあげく、宗仙は、五百両で〝お八重〟を買うように約束させられる。〝お八重〟を忘れられない宗仙は、江戸へ来て、指圧の腕で、せっせと金を稼ぐが……、という話である。

この中村宗仙の家が、「麻布ねずみ坂」の中腹にあったという設定になっている。

その後、「麻布ねずみ坂」は、「浮世の顔」（第十四巻・第四話）、「瓶割り小僧」（第二十一巻・第二話）、「麻布一本松」（第二十一巻・第三話）、特別長篇「迷路」（第二十二巻）

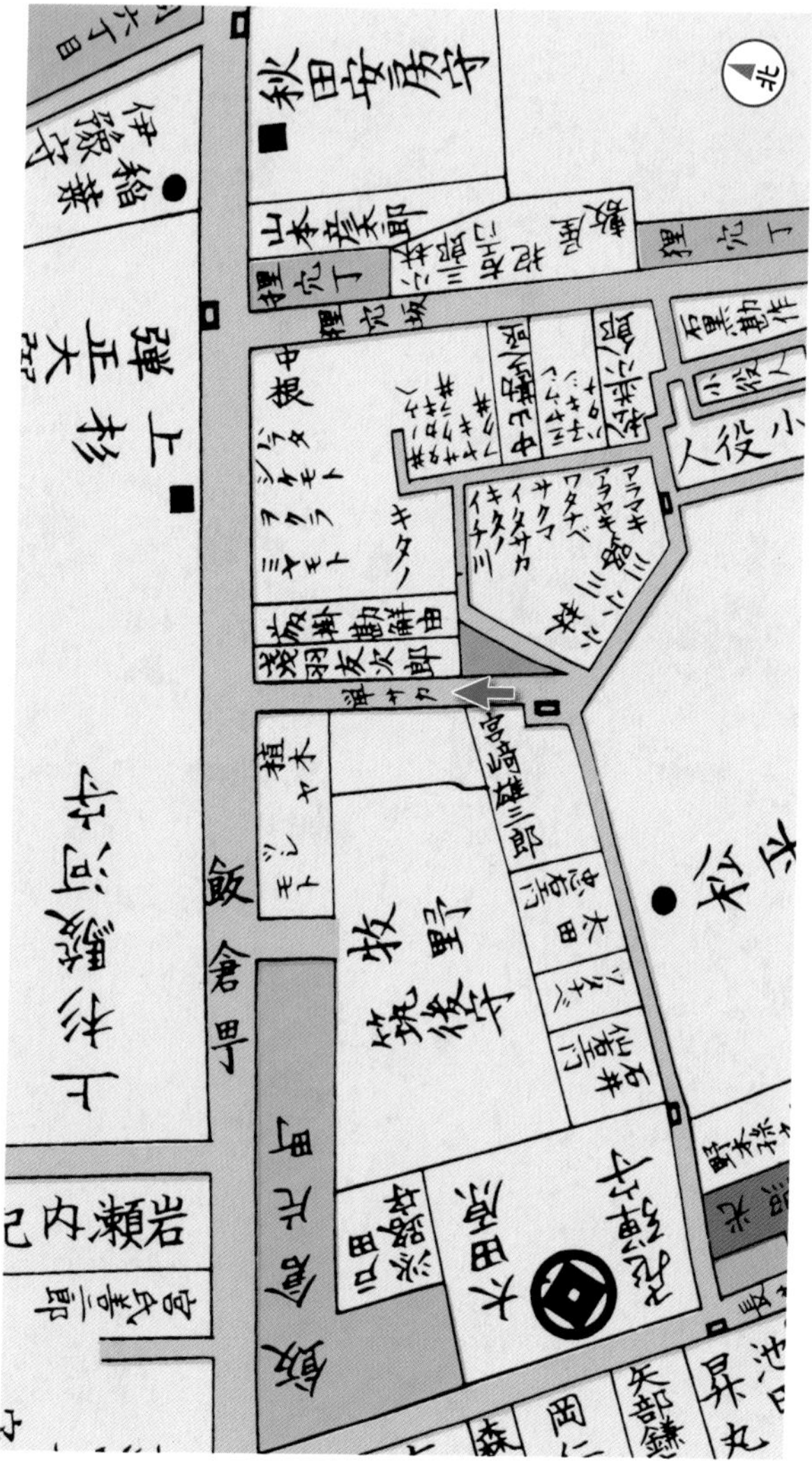

鼠坂／復刻版江戸切絵図　東都麻布絵図（部分）

などに登場して来る。とくに、「瓶割り小僧」では、重要な話の舞台となっている。
「麻布ねずみ坂」は、現在も、港区麻布狸穴町六十番地あたりにあるが、坂下の麻布十番方面から行っても、坂上の「外苑東通り」から入ろうとしても大変わかりづらい。下から行くなら「狸穴公園」の裏あたり、上からなら、「外苑東通り」の港区麻布台三-四と三-五の間を南へ下る坂道が、「植木坂」から「ねずみ坂」へつづいている。

細い急勾配の坂道で、坂下に写真のような標柱が立っている。

「ねずみ坂」へ出かけた折には、しばし、足をとどめ、上記五話の原作の舞台に、想いを馳せてみたいものである。

「鼠坂」の標柱

駿州・宇津谷《うつのや》峠を行く

長谷川平蔵は、幕府から休暇をもらい、京都の華光寺《けこうじ》にある亡父・宣雄の墓参りに出かける。

「盗法秘伝」（第三巻・第二話）は、平蔵が、京都へ行く道中の物語で、原作者の池波さんが選んだ『鬼平犯科帳』ベスト5の一つである。

旧東海道の「宇津ノ谷峠」を歩いてみた。

空の青さは、間違いなく秋だ。数日前の夏空は、明らかに入れ替わっていた。

「宇津ノ谷の集落」の入口で車を降り、峠へ向かって歩き始めた。

古い家並みが続いているが人影は全くない。十年前に訪れた「御羽織屋」の店も戸を閉めていて中をうかがうこともできなかった。

さらに上り、「旧東海道」の標識にみちびかれて、細い山道へ入り込む。木々の生い茂る狭い上り道で、その昔、東海道の難所といわれた「宇津ノ谷峠」、さぞ、旅人

旧東海道・宇津ノ谷峠

厄除け守りの十だんご

は苦労したことであろう……。

途中、「宇津ノ谷の集落」を、眼下に一望できる見晴らしの良い場所がある。ここで、峠を下りてきた二人連れに出会ったが、あとはひたすら木立の中を上って行くだけである。

しばらくすると峠の頂に出て、ここから「岡部の宿」へ向かって下り坂となる。長谷川平蔵は、この辺で、老盗・伊砂《いすが》の善八と出会っている。「盗法秘伝」冒頭の舞台である。

およそ四十分で、「蔦《つた》の細道」との分岐点に到達、そこから少し下ると坂下の地蔵堂・延命地蔵がある。

この間、出会った人は、「見晴らし地点」ですれ違った二人と、「蔦の細道」

を上って来た二人連れの四人だけである。この中年の二人は、岡部宿へは下りないで、「宇津ノ谷の集落」を目指して、再び、峠を上って行った。元気なものである。

原作には、「峠の地蔵堂の前へ腰をおろし、十《とお》だんごを食べる平蔵の前を、旅人たちが何人も通りすぎて行った」となっているが、現在、人気《ひとけ》はまったくない。

延命地蔵から三十分位歩くと、「岡部の宿」に着く。

岡部宿は、東海道二十一番目の宿場。山間のひなびた宿場である。

池波さんは、「岡部の宿」がお好きなようだ。「盗法秘伝」（第三巻・第二話）と「駿州・宇津谷峠」（第三巻・第五話）で、長谷川平蔵一行は、この宿場に泊まっている。「女賊」（第五巻・第三話）、「墨つぼの孫八」（第十三巻・第四話）、「馴馬の三蔵」（第十八巻・第二話）でも話の舞台となっている。

「岡部の宿」に今でも残っていて、宿場のシンボルとなっている旅籠「柏屋」のとなりの茶店へ入り、お汁粉を食べてひと休みした。

空には、赤とんぼが飛び始めていた。

長谷川平蔵の次女〝清《きよ》〟と親子の会話

原作者の池波さんは、「盗法秘伝」（第三巻・第二話）に、「長男・辰蔵は、目白台の私邸で留守をあずかり、次男・鉄五郎《てつごろう》は養子に出て、長女次女ともに他家へ嫁いでいる」と書かれている。

ところが、「礼金二百両」（第六巻・第一話）から、嫁に行ったはずの次女〝清〟が、目白台の私邸で、長男の辰蔵とともに、長谷川平蔵夫婦の留守をあずかっている。

『鬼平犯科帳』は、あくまでも「時代小説」。ここは、矛盾点を議論するよりも、男所帯の目白台の私邸に花を添えた次女〝清〟の役割が、これから続く『鬼平犯科帳』の物語をどれだけなごやかなものにしているか……。池波さん、苦心の展開であろう。

以後、長谷川平蔵の次女〝清〟は、嫁にもいかず、目白台の私邸で長男辰蔵とともに暮らし、折にふれ登場して来る。

だが、『鬼平犯科帳』全百三十五話には、次女〝清〟と長谷川平蔵や妻女〝久栄〟

との「親子の会話」がまったく出て来ない。

たまには、平蔵が、目白台の私邸に帰ったとき、

「清。辰蔵がいないが何処へ行った」

「先ほど、阿部様と二人で、何処かへ出て行かれましたが……」

こんなさりげない会話が、あってもよかったのではないか……。

また、妻女〝久栄〟が、

「清。辰蔵はちゃんと市ヶ谷へ行っていますか……」

「……」

と、いうような、ほのぼのとした会話を、ぜひ、読みたかったものである。

長谷川平蔵の妻女〝久栄《ひさえ》〟

『鬼平犯科帳』では、長谷川平蔵の妻女〝久栄〟は、第一巻・第一話「啞の十蔵」から登場して来る。

以後、良き妻として、賢い母親として、平蔵の影のようにたびたび登場して来て、物語を味のあるものにしてくれる。

平蔵と妻女〝久栄〟との「会話」や「間」は、とかく殺伐となりがちな男所帯の『鬼平犯科帳』を、いっとき、深みのある夫婦の絆となごやかな家庭の雰囲気に引き入れてくれる。

「毒」（第十一巻・第六話）に、平蔵と〝久栄〟の、次のような温かい大人の会話がある。

「久栄」
「はい？」

「ちかごろは……」

「ちかごろは、何でございます？」

「大分《だいぶん》に……」

「大分に？」

「肥《こ》えたな」


寛政六年冬の、火付盗賊改方の役宅居間における二人の会話である。

ところで、『鬼平犯科帳』全百三十五話の中で、妻女〝久栄〟が主人公となる話は、「むかしの男」（第三巻・第六話）だけである。

「密通」（第四巻・第三話）や「狐雨」（第九巻・第七話）にも出て来るが脇役である。

「むかしの男」には、「二百俵取りの旗本・大橋与惣兵衛の娘として生まれ、十八歳で平蔵と結婚、このとき、〝久栄〟は四十一歳で、平蔵の妻となってより二十三年たち、二男二女を生んでいる」となっている。

以上の記述は、原作者の池波さんが、『寛政重修諸家譜』をヒントに書かれたもので、「二百俵取りの旗本・大橋与惣兵衛親英と三女が長谷川平蔵宣以の妻」は、史実と一致するが、妻女の名前が〝久栄〟というのも、その他の諸々のエピソードは、池波さんの創作によるものである。

「むかしの男」の中で、近藤勘四郎の呼び出しに応じて、護国寺門前の茶店「よしのや」へ向かう〝久栄〟は、原作に、「小紋染、定紋付の衣服に黒の帯をしめた豊満の躰を反り気味にして……」と、ある。イラストに、このときの毅然として、威厳に満ちた〝久栄〟の姿を描いてみた。

上州・倉賀野《くらがの》、信州・屋代《やしろ》を訪ねて

市ヶ谷・左内坂にある念流の道場主・坪井主水《つぼいもんど》は、長谷川平蔵の長男・辰蔵の剣術の師匠として、折にふれ、『鬼平犯科帳』に登場する。

初めて、坪井主水が出て来たのは、「霧の七郎」（第四巻・第一話）で、この話の主人公である念流の剣客・上杉馬四郎、周太郎親子の弟子としてである。主水は、上州・倉賀野に住む浪人の三男で、剣術修行の旅の途中に上杉道場へ現れ、以後、十年、上杉父子を師と仰ぎ修業に励む。その後、独立をゆるされ、江戸へ出て、市ヶ谷・左内坂に念流の道場をかまえるようになる。寛政五年で、五十三歳。妻はなし。剣術にもすぐれているが、その謙虚な人品に長谷川平蔵は惚れこみ、息子・辰蔵を入門させたわけである。

坪井主水の故郷・上州・倉賀野と上杉馬四郎、周太郎親子の故郷・信州の屋代を訪ねた。

倉賀野追分

信州・屋代の脇本陣跡

上州・倉賀野は、中仙道・十二番目の宿場。旧中仙道の宿場通りを「倉賀野・追分」まで、ぶらりと歩いてみた。日曜日だったが、宿場を見学に訪れる人もなく、やはり、地方の過疎の町。人の気配はほとんど感じられない。

「倉賀野」は、すでに、「埋蔵金千両」（第二巻・第七話）に登場している。この話の中で、盗賊・小金井の万五郎の下女〝おけい〞が、信州へ向かう途中、上州の新町から倉賀野へ行く「柳瀬川の渡し」で急に考えが変わり、江戸へ引き返したのがこのあたりだ。また、宿場の東、「新町宿」寄りにある「倉賀野・追分」は、「中仙道」と「日光例幣使街道《れいへいし》」との分岐点になっている。「例幣使街道」といえば、「泥亀」（第九巻・第三話）で、主人公・泥亀の七蔵の故郷・上州の玉村へ出かけたことを想い出す（『小さな旅　鬼平犯科帳ゆかりの地を訪ねて』第2部）。玉村は、「日光例幣使街道」の最初の宿場である。

同じ日、念流の剣客・上杉馬四郎・周太郎親子の故郷・信州の屋代へも出かけてみた。長野新幹線の「上田」駅で、しなの鉄道に乗り換えて約三十分、「屋代」駅に着く。かつては、北国街道の宿場町として栄えたが、現在は、長野県千曲市屋代となっていて、やはり、地方の過疎の町。写真は旧北国街道に面してある「屋（矢）代柿崎脇本陣」跡である。

「白梅に日のやわらかく僧の行く」

「密通」（第四巻・第三話）に、この話の主人公で、長谷川平蔵の妻女〝久栄〟の伯父・天野彦八郎という旗本が出て来る。

この天野彦八郎、七百石の幕臣で、将軍家の側近く仕える「御小納戸衆《おこなんどしゅう》」という役目についている。ところが、この地位をかさに着て、用人の後妻に不届きな振舞いをし、後始末を長谷川平蔵へ内密に頼んでくる……。「密通」は、およそこんな筋だ。

天野彦八郎の趣味は、俳句である。

この話の最後に、彼の作として、「白梅に日のやわらかく僧の行く」という句が出て来る。これを妻女〝久栄〟から聞いた平蔵は、しばし憮然となり、複雑な心境を「人という生きものは、ふしぎなものよ」と、つぶやいている。

原作者の池波さんは、この句を何処から持ってきたのだろうか？

いろいろ調べた結果、『完本　池波正太郎大成　別巻』（講談社）に、池波さんの初期作品が収められているが、この中に『泥󠄀孶集《でいばくしゅう》』というのがある。昭和十六年〜昭和二十一年の俳句や和歌を集めたものだが、ここに親友・中島滋一氏の句として「古梅に陽のやはらかく僧の行く」というのがあった。

池波さんは、この句をヒントに書かれたものと思われる。

ここで、にわかに、「細見」魂が動き出した。

では、「白梅に日のやわらかく僧の行く」という句のできばえは如何なものか……、「客観的に評価してみよう……」と思いたったわけである。ところが、筆者には、俳句に対する知識がまるでない。そこで、俳句の先生お二人に訊いてみた。

関西現代俳句協会顧問・吉田成子先生いわく、「白梅に射す日が柔らかい、この着目、大変いいと思います。やわらかい日差しで、白梅がひときわ香りそうです。そんな中を僧侶が通り過ぎる様子、とても清々しい光景です。ただ〝やわらか〟は、白梅に射す日差しであることをハッキリさせるために〝白梅にやわらかき陽や僧の行く〟とされた方がいいと思います」とのことだ。吉田先生には、この句の作者や出どころについてはいっさい説明せず、ただただ、この句を読んで論評して頂いた。

次に、「季語と歳時記の会」理事・飛岡光枝先生に、この句を見て頂いた。飛岡先生には事情を説明し、『鬼平犯科帳』の原作も、『泥󠄀孶集』にある中島滋一氏の作品

「古梅に陽のやはらかく僧のゆく」という句も読んで頂き、感想をお聞きした。

それによると、「俳句自体は、素直で、いい句だが、池波さんが、中島氏の句の〔古梅〕を〔白梅〕に直して『密通』に使用したことに意味がある。それは、原作の主人公で、幕府の御小納戸衆を務める老獪《ろうかい》な天野彦八郎という人物と、まだ世間に汚れていない若い頃の天野彦八郎との違いを出すためには、〔古梅〕よりも、〔白梅〕がより適当である」という。すなわち、「五十七歳になる傲慢で横暴な旗本・天野彦八郎も、若い頃には、〔白梅〕という清らかな句を作る時代があった……」というのである。

どうも、大変重い指摘を受けたような気がする。この「白梅」の一件については、ぜひ、天国の池波さんにお訊きしてみたいところだ。

一方、『鬼平犯科帳』の底を流れる一貫した精神は、「人間というやつ、善事をおこないつつ、知らぬうちに悪事をやってのける。悪事をはたらきつつ、知らず識らず善事をたのしむ……」で、あるとすれば、池波さんは、このような人間の二面性を十分承知して、むしろ、人にはこのような「古梅」と「白梅」の両面を持っていることをこの句にたとえたのではないだろうか。「人という生きものは、ふしぎなものよ」とつぶやく長谷川平蔵。こまやかな筆遣いが感じられる……。

ちょっと寄り道

「御小納戸衆」

「御小納戸衆」は、江戸幕府の役職の一つで、若年寄の支配下にあり御目見得以上で布衣《ほい》着用を許された。江戸城本丸中奥で、徳川将軍の側近くに仕え、日常の雑用、例えば、将軍の髪の月代《さかやき》を剃ったり、食事の毒味を行《おこな》ったりした。「御小納戸衆」は、将軍に近侍する機会が多く、出世のチャンスが多い役職だった。

御側衆《おそばしゅう》

江戸時代の徳川幕府の職制のひとつである「側用人」は、五代将軍綱吉が創設した。綱吉は、将軍職についたとき、政務の相談役として、天和元年（一六八一年）に、館林藩主時代の家老・牧野成貞を「側用人」という新設の役職に登用する。「側用人」の下には七、八名の「側衆」がいて、このうち三名が「側御用取次」に選ばれ、将軍と老中、若年寄の離れた両者の間を行き来するようになる。

このように、江戸城中奥の、将軍近くに仕え、将軍を補佐する役目にあった「御側衆」が、何かと力をつけ頭角を現してくるのは世の常である。

時代劇で、この「側用人」、「側御用取次」、「側衆」が出て来るときは、たいがい、この役は悪役ということになっていて、陰謀がらみである。

原作者の池波さんも、『鬼平犯科帳』では、やはり「御側衆」を、将軍の威光をかさにきて陰で暗躍する「悪い奴」という設定で登場させている。

そこで、『鬼平犯科帳』で、「御側衆」が、題材として採り入れられている篇を見てみると、まず「鈍牛」（第五巻・第七話）に出て来る津田日向守信之で、縁類にあたる深川・相川町の菓子屋「柏屋」の罪の軽減に動いている。次が、「毒」（第十一巻・第六話）で、「御側衆」の一人で、五千石の大身旗本・土屋左京教明の側用人・大内万右衛門が、出入りの陰陽師・山口天竜から毒薬を手に入れるという話で、幕府高官の陰謀をにおわせるつくりになっている。特別長篇「鬼火」（第十七巻）では、話の中心人物・渡辺丹波守直義の職歴は、「御書院御番頭」、「御側衆」である。「おれの弟」（第十八巻・第五話）では、この話の主人公で、長谷川平蔵のおとうと弟子・滝口丈助をだまし討ちにした石川源三郎の父・石川筑後守貞行は、「御側衆」の一人で、「御用取次」を兼ねており、三男・源三郎の悪行をもみ消している。「高萩の捨五郎」（第二十巻・第五話）では、七千石の大身旗本で、「御側衆」のひとり戸田肥前守の跡継ぎ息子の狼藉ぶりが、話の発端になっている。

かように、「御側衆」は、時代小説や時代劇では、将軍の威光をバックに、事件を闇から闇へ葬ったり、陰謀を画策したりする悪役がピッタリの、わかりやすい役職として描かれている。

京極備前守高久《きょうごくびぜんのかみたかひさ》

火付盗賊改方は、「若年寄」の管轄下にある。

『鬼平犯科帳』では、若年寄・京極備前守高久が、火付盗賊改方の長官・長谷川平蔵の直属の上司として、また、良き理解者として登場して来る。

最初は、「鈍牛」（第五巻・第七話）で、平蔵の組下同心・田中貞四郎が、手柄をあせるばかりに誤認逮捕したことに対して、監督官庁のトップとして、現場の責任者である長谷川平蔵に、注意を促す役目として出て来る。

以後、折にふれ、京極備前守は登場し、要所を締める役割を果たしている。

京極備前守高久も、実在した「若年寄」で、丹後・峰山藩の六代目の当主で一万千百石余の大名である。天明八年六月十八日、若年寄に就任している。

原作では、長谷川平蔵より年下で、「四十そこそこ」という設定になっているが、『寛政重修諸家譜』巻第四百二十二によると、享保十四年（一七二九年）生まれで、長谷川平蔵が延享三年（一七四六年）の生まれだから、実際は、平蔵より十七歳年上であった。

左に、京極備前守が登場する話を列記した。

第五巻・第七話「鈍牛」
第八巻・第四話「流星」
第九巻・第七話「狐雨」
第十一巻・第六話「毒」
第十四巻・第一話「あごひげ三十両」
第十五巻・特別長篇「雲竜剣」
第十七巻・特別長篇「鬼火」
第十八巻・第五話「おれの弟」
第二十二巻・特別長篇「迷路」

長谷川平蔵は、棒高跳びの名手

「血闘」（第四巻・第四話）は、女密偵〝おまさ〟が、初登場して来る人気の一篇である。

あらすじは、浪人くずれの強盗団の内偵をすすめていた〝おまさ〟が、一味の吉間《よしま》の仁三郎《にさぶろう》に気付かれ拉致されてしまう。緊急事態の発生に、長谷川平蔵は、単身、渋江村の西光寺裏にある「化物屋敷」へ乗り込む……。寛政元年春の話である。

この中に、次のような文章が出て来る。

「平蔵が、脇差をぬいて、ふといめの竹を一つ、切りとった。
この竹をつかんで竹藪をぬけ出し、さらに北がわへまわると小さな草原に出た。
土塀はまだつづいている。
ななめに竹をかまえた平蔵が、小走りに走り出した。
草原の一角に、とんと竹の尖端を突き立てた平蔵の躰が、宙に躍りあがった。

竹が草の上に倒れたとき、長谷川平蔵の躰は闇を切って、土塀の中へ吸い込まれている。

（中略）

月も星もない曇った夜で、うるしをぬりつぶしたような闇がたちこめている。

すこしずつ、まだ編笠をかぶったままで、平蔵は移動し始めた」

これは、長谷川平蔵が、棒高跳びの技術を使って、「化物屋敷」の土塀を跳び越えたときの描写である。

ところで……。

ここで、ひとつ問題がある。それは「編笠」だ。

この闇夜に、棒高跳びの要領で土塀を跳び越えるには、編笠をかぶっている必要はないのではないか……。むしろ、編笠をぬいだほうが、風の抵抗をうけないし、何かと理にかなっているのではないか……。読者の中には、このような疑問を持たれた方もいるかも知れない。

そこで、棒高跳びの日本記録保持者で、「富士通」の澤野大地さんに話を訊いてみた。

世田谷区桜上水にある日本大学文理学部の陸上競技場を訪ね、澤野さんにお会いした。すらりとひきしまった躰で、いかにもスポーツマン。苦み走ったいい男である。

まず、持参した『鬼平犯科帳』第四巻・第四話の問題の個所を読んでいただき、「化物屋敷」の土塀を跳び越えるとき、「編笠」はぬぐべきだったかどうかを尋ねた。

ここで、土塀の高さだが、岡山県・津山城の「五番門南石垣」の上の土塀の高さが約七尺（2・1m）、台東区谷中の観音寺の築地塀の高さが約2mであることから、「化物屋敷」の土塀の高さも2mとした。

すると、澤野さん「竹竿を使って、2mくらいの土塀を跳び越えるくらいのことなら、編笠はかぶっていても問題にならないのではないか……」という。

なるほど、番方トップといわれる先手組の組頭で、火付盗賊改方長官をつとめる長谷川平蔵にとっては、武芸百般を修めているわけで、「編笠」などは、何の障害にもならないのであろう。

さすがに池波さん、この辺のことは十分承知して書かれているのかもしれない。

筆者は、先般、長野県上田市の「池波正太郎・真田太平記館」で、《『鬼平犯科帳』細見》と題して講演をさせていただいたが、この編笠の一件を採り上げ、「編笠は、ぬぐべきである……」と鬼の首でも取ったように主張したものである。

本書を書くにあたって、念のため、専門家の意見を確認してからと思い、棒高跳びの第一人者である澤野さんにお会いしたわけである。

筆者としては、当然、「編笠は、ぬいだ方がいい……」という答えが返って来ることを期待していた。

ところが、澤野さんは、スマートフォンで棒高跳びの動画を示しながら、前述のように、「２ｍくらいの塀なら、編笠はとらずに楽に跳び越えられる……」という。

これを聞き、我が身の浅はかな考えに、ただ恥じ入るばかりであった。

そういえば、原作には、この日の長谷川平蔵のいでたちとして、「いま流行の薩摩絣の着流しに茶の帯。浅目の編笠をかぶる」と書かれてあった。

池波正太郎 画

深川・大島町の飛《と》び地《ち》

『鬼平犯科帳』には、「深川・大島町の飛び地」という場所が何度か出て来る。

ここも、「麻布ねずみ坂」、「東海道・岡部宿」とともに原作者の池波さんのお好きな場所らしい。

「深川・大島町の飛び地」が、まず、最初に登場するのが「あばたの新助」(第四巻・第五話)で、盗賊・網切の甚五郎配下の女賊〝お才〟の色仕掛けに誘い出された盗賊改方の同心・佐々木新助が、〝お才〟と落ち合う場所が「大島町の飛び地」である。

次いで、「掻掘のおけい」(第七巻・第四話)で、女賊〝おけい〟の家がある場所として。「二人女房」(第十二巻・第七話)では、盗賊の首領・彦島の仙右衛門の隠宅のある場所として。「春雪」(第十三巻・第五話)では、盗賊・大塚清兵衛の囲いもの〝おきね〟の家のある場所として書かれている。

そこで、池波さんが用いたといわれる「近江屋板の切絵図」で、以上四つの話に登

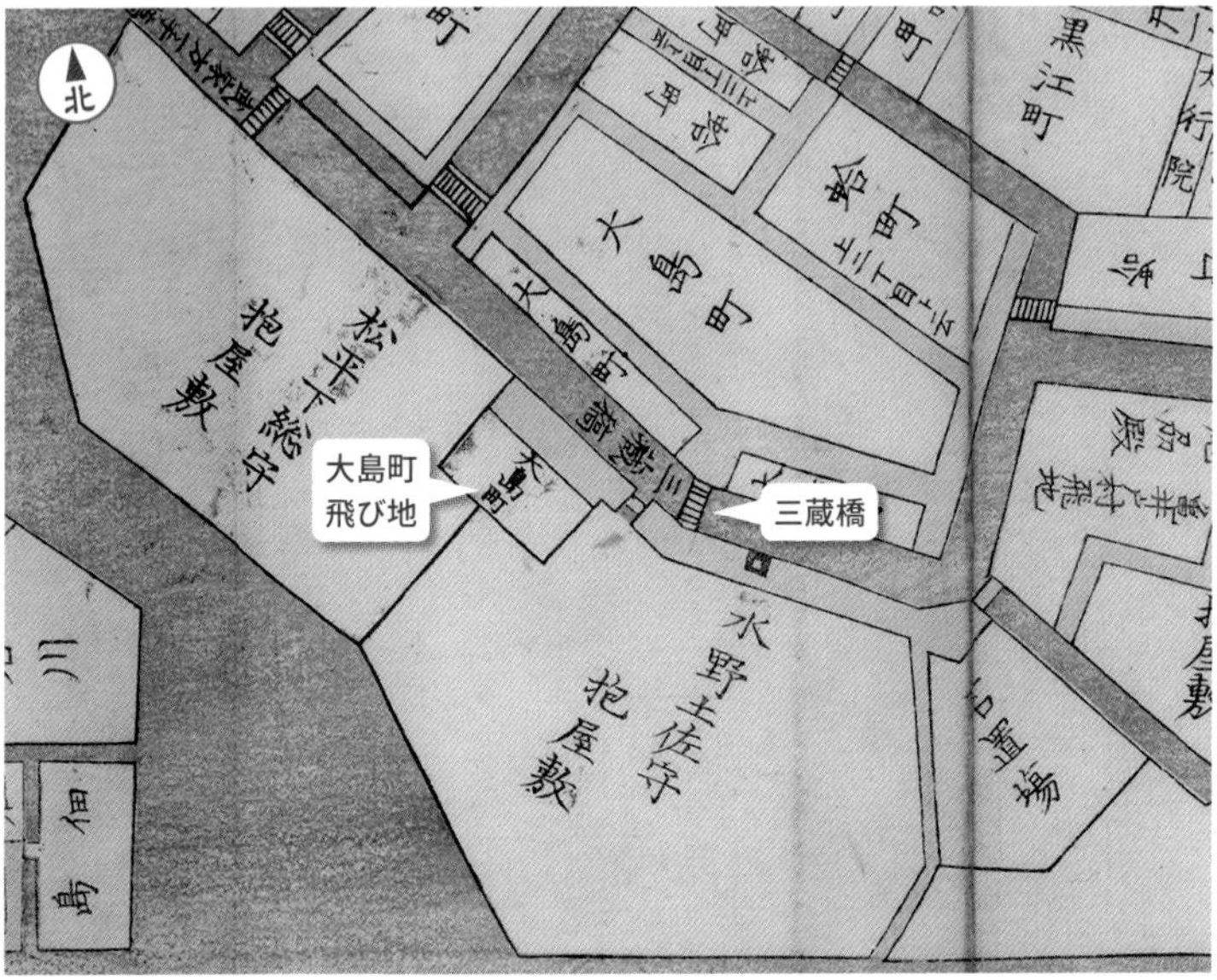

近江屋板「深川之内　小名木川ヨリ南之方一円」（部分）国土地理院蔵

場する「大島町の飛び地」と周囲の状況を、原作の記述に従って、確認してみることにした。

　まず、「あばたの新助」では、佐々木新助と〝お才〟が落ち合う場所を、「大島町の飛び地の……ほら、三蔵橋をわたった突き当りの、水野さまのお屋敷の塀のところ……」と、〝お才〟の言葉として書かれていて、「土手道」という言葉も使われている。次の「掻掘のおけい」では、密偵の五郎蔵が、「土手道の西側、松平下総守・抱屋敷の塀外の草むらにしゃがみこんで、朝からおけいの家を見張っていた……」となっている。「二人女房」では、盗賊・彦島の仙右衛門の妾宅として、「その家は、深川の大島町の飛び地にあった。堀川沿いの土手道の下で……表口と勝手口は、南に面した土手の反対側の道に面してい、道の向うは大島町の町屋だ」となっている。「春雪」では、〝おきね〟の家は、「大島町の飛地にあり、土手道の崖下にあった。土手道の右側は松平下総守の抱え屋敷で、長い土塀が江戸湾の入海ぎわまでつづいていた」と書かれている。

このように、原作に登場する「待ち合わせ場所」や、妾宅、隠宅などの「問題の家」は、微妙な表現の違いはあっても、おおよそ、「大島町の飛び地」の土手道の崖下に設定されていて、絵図で追うことができる。

「深川・大島町の飛び地」については、原作に、「このあたりはむかし、島になっていたのを、その後、幕府の手で何度も埋め立てが行われ、大名の下屋敷がたちならぶようになった。大島町の飛び地は、その一角にある」と説明されているように、ここは江戸初期から幕府による埋め立てがすすみ、明暦元年（一六五五年）、榊原越中守の別邸となって「越中島」と呼ぶようになる。現在の江東区越中島一丁目の一部に相当する。

兄弟分の杯

『鬼平犯科帳』では、長谷川平蔵と岸井左馬之助は剣友であり無二の親友。ともに一刀流の免許皆伝で、高杉銀平道場の「竜虎」といわれた二人である。

長谷川平蔵は、十九歳で高杉道場へ入門したことになっているので、その頃、岸井左馬之助と知り合ったことになる。同じ歳で、剣の修業に、酒に、女に……、青春時代を本所、深川の地で爆発させていたわけである。

数々のエピソードがあるが、「泥鰌の和助始末」(第七巻・第五話)には、二人は、「互いの腕を切って、ながれ出る血をのみ合い〔兄弟分〕になっていた……」と、いう記述がある。二人は、剣友であり親友であり、「兄弟分」ということだ。さしずめ、

〽親の血を引く兄弟よりも、かたいちぎりの義兄弟……

といったところだろう。

平蔵が、亡父・宣雄の京都西町奉行就任のため、京へ同行したことにより、いった

ん別れ別れになる。そして、長谷川家の遺跡を継いで仕官し、西ノ丸書院番を振り出しに諸役を歴任、先手組の組頭となり、火付盗賊改方の長官となって、二十年ぶりに、左馬之助と再会する。この話が「本所・桜屋敷」で、天明八年（一七八八年）正月のことである。

以後、岸井左馬之助は、剣術修行のかたわら、長谷川平蔵を助けて盗賊改方の御用にはたらくこともあり、二人のつきあいはますます進化して行く。

「あきらめきれずに」（第八巻・第六話）では、左馬之助が惚れた女を見届けようと、二人で、武蔵の国、多摩郡・府中まで旅をしている。ここで、面白いことは、平蔵の妻女〝久栄〟にも左馬之助の妻となる〝お静〟にも、ともに苦い過去があることで、原作者の池波さんは、二人の女に同じような過去を背負わせ、平蔵と左馬之助のバランスをとっているような気がする。

ついでだが、『鬼平犯科帳』で一つ抜けているところは、二人が、恩師・高杉銀平の墓参の旅へ出かけて行く話がないことであろう。

『鬼平犯科帳』と酒

『鬼平犯科帳』では、全篇を通じて、とにかく、やたらと酒を飲む場面に出合う。蕎麦屋に入っても、蕎麦だけ食べるシーンはない。その前に、まず、酒だ。とくに、「鬼平」はよく飲む。何かと言うと、すぐ酒だ……。

その最たるところを、「寒月六間堀」（第七巻・第六話）の冒頭部分から経時的にひろってみた。「寒月六間堀」は、〝お熊婆さん〟のデビュー篇である。

この日、長谷川平蔵は、深川から本所を単独で巡回し、日暮れてから、二ツ目の軍鶏鍋屋「五鉄」へ行く。相模の彦十や〝おまさ〟、「五鉄」の亭主・三次郎と、昔話をしながら酒を飲み、一升ほど飲んでしまう。この夜は「五鉄」に泊まる。翌日、目が覚めて、洗顔を終えた平蔵へ、三次郎が茶碗に冷酒をくんで出す。

その後、朝飯を食べた平蔵は……（これだけ飲んでよく朝飯が食べられるものだ）……、「五鉄」を出て二ツ目橋を南へわたり、弥勒寺門前の〝お熊婆さん〟の茶店

「笹や」で、またまた、酒を頼んでいる。

こんな調子で、飲みどおしだ。

また、「のっそり医者」（第六巻・第七話）では、これから犯人逮捕に向かうとき、平蔵は、行徳河岸の茶店で、「約二刻（四時間）をすごし、のんだ酒は、およそ三合」という記述になっている。

さらに、「浅草・鳥越橋」（第九巻・第五話）では、長谷川平蔵以下盗賊改方の面々が、本所・二ツ目の蕎麦屋「尾張屋」の二階から、小間物屋「三好屋幸吉」方を見張っていて、これから「打ち込もう……」という大事なときに、酒と蕎麦で気勢を上げている。

飲みすぎ。とにかく飲みすぎ！

尚、「鬼平」は、午前中は酒を飲まないといわれている。「墨つぼの孫八」（第十三巻・第四話）には、長谷川平蔵が、〝おまさ〟に、「まだ、昼前ゆえ、いっぱい飲《や》るわけにもまいらぬが……」という記述もある。ところが、前述の「寒月六間堀」もそうだが、「はさみ撃ち」（第七巻・第三話）でも、清水門外の役宅を訪ねて来た密偵の大滝の五郎蔵と舟形の宗平を相手に、朝から酒盛りをしている。

ところで、酒は、江戸時代も現在も酒の「造り方」には、そう違いはないとか……。従って、アルコール濃度もそれほど変わっていない。だが、流通や貯蔵方法、販売店の酒の取り扱い方などが、現代とは大きく異なり、江戸庶民の口に入る頃には大分変化していたと想像される。特に、各小売店の酒は、うすめて販売しており（これを業界用語で「玉を利《き》かす」という）、現代の日本酒のアルコール濃度15％より低く、水っぽい酒だった。

だから、行徳河岸の茶店の酒など推して知るべし。

ちなみに、はなはだうすく、水っぽい酒を「金魚酒《きんぎょざけ》」と言うそうだ。

〝山吹屋《やまぶきや》お勝《かつ》〟は、ただ者ではない……

「山吹屋お勝」（第五巻・第六話）は、原作者の池波さんが選んだ『鬼平犯科帳』ベスト5の一つ。

あらすじは、長谷川平蔵の従兄で巣鴨の大百姓・三沢仙右衛門が、王子権現参道にある料理茶屋「山吹屋」の女中〝お勝〟に惚れ、女房にするといってきかない……。相談を受けた平蔵は、浪人姿で、〝お勝〟の首実検のため「山吹屋」へ出かけて行く……。寛政六年秋のことである。

この話の中で、「山吹屋」の〝お勝〟が、長谷川平蔵につかまれた左手首を、「まっ白な歯を見せて笑いながら、手首を引こうともせず、その反対に、つと、平蔵の鼻先へ向けて上へ突き出すようにしながら、わけもなく外してしまい……」というくだりがある。

「普通の女なら、手を引いて外そうとするはずだ……」

平蔵は、〃お勝〃のこの何気ない仕草が気になり、密偵の関宿《せきやど》の利八《りはち》に調査を命じることになる……。

「山吹屋お勝」という話の最大のポイントは、〃お勝〃のみせた、この「何気ない動作」にある。

そこで、この「何気ない動作」について、都内の某警察署で柔剣道の指導員をつとめ、護身術の心得もある、お二人の警察官に訊いてみることにした。

まず、『鬼平犯科帳』の原作を読んで頂くと、お二人とも、すぐに、「これは護身術の一つの技である」という。さっそく、この一連の動作と手首・指の関係などを解説しながら、実際にやってみせてくれた。

確かに、つかまれた左手首を引いて外すことは難しい。ましてや、平蔵のような一刀流の達人につかまれた手首を外すことは、至難の業である。

だが、〃お勝〃は、これを「さりげなく外し」去って行ったわけで、この「何気ない動作」が、いかに理にかなったものであるかを、お二人に御教示頂いたわけである。

次に、筆者と指導員による実地訓練である。

〃お勝〃役の筆者が、つかまれた左手首を、原作通り、「つと、平蔵の鼻先へ向けて上へ突き出すようにしながら、わけもなく外してしまう」動作を、理論と実践をまじえてやったわけである。

イラストは、そのときの〝お勝〟がみせた手首の角度と、つかまれた手を外す方向を示したものだ。手を引かずに、逆に、前方上へ（平蔵の鼻先へ向けて、上へ突き出す）、軽く上げるだけで、つかんでいる平蔵の手のひらとお勝の手首の間には空間ができる。すなわち、この瞬間は、指だけで手首をつかんでいることになり力が弱まっている。さらに、手首を上へあげることにより、つかんでいる平蔵の指と指の間を割ることとなり、外しやすくなるのである。

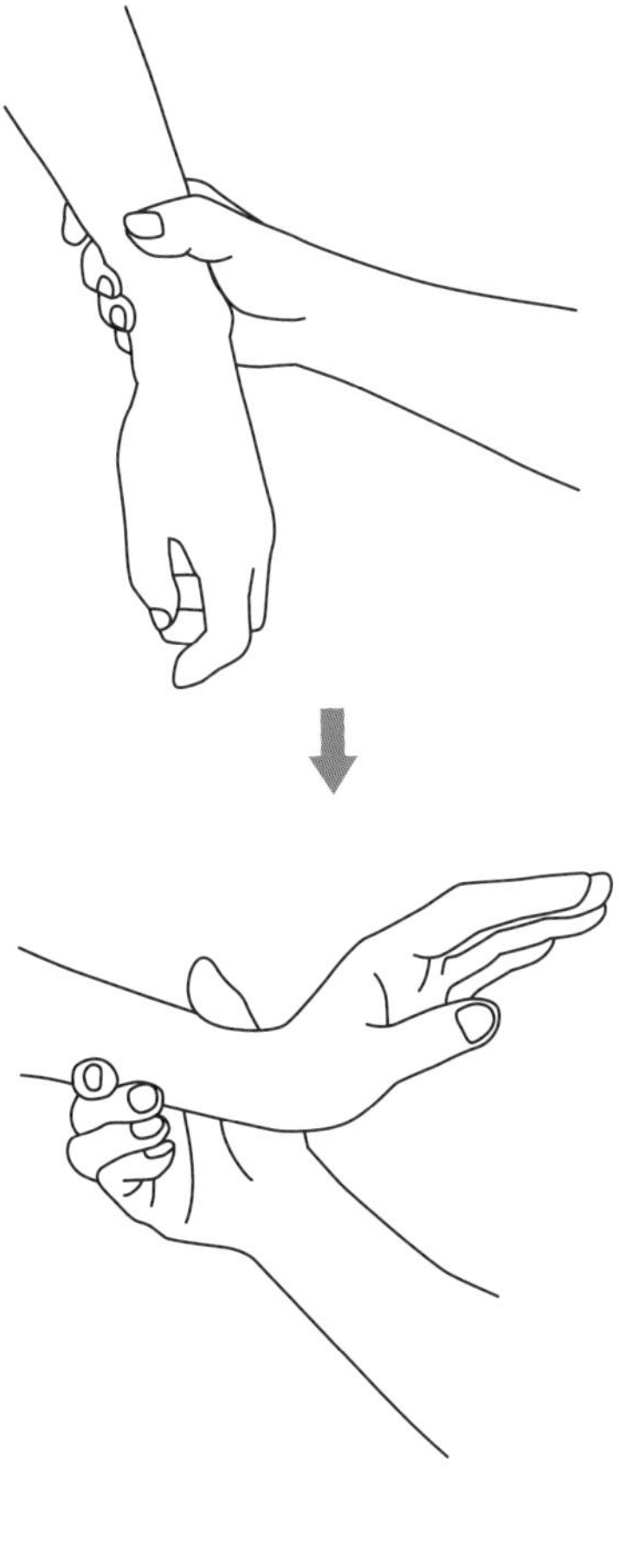

ところで……。

つかまれた手をさらりと外して、その場を去った〝お勝〟も、この「何気ない動作」から足がつくとは、まさか考えもしなかったことであろう。

〝山吹屋お勝〟、兇賊・霧《なご》の七郎《しちろう》配下の女賊である。

「鬼平」が、舟で行く……

『鬼平犯科帳』には、長谷川平蔵や密偵、盗賊が、舟で移動する場面が、約十七コース登場して来る。

「鬼平」ファンとしては、ぜひ、同じコースを船でたどってみたいところだ。

だが、これが大変難しい。

まず、約二百三十年前の、「鬼平」時代の川や堀が、現代とは大いに異なっていることである。

例えば、典型的なのが「浜町堀」である。すべて埋めつくされ、現在、「浜町堀」は存在しない。だから、「密偵」（第二巻・第五話）の大詰めで、長谷川平蔵が「浜町堀」を行く盗賊一味の舟を追う描写は、再現することができない。わずかに、「浜町川緑道」という公園のような道を歩いて、その昔を想像するしかない。従って、「竃河岸《へっついがし》」などという粋な場所も、当然、ないわけである。

深川の「油堀」も「五間堀」「六間堀」もない。日本橋の「箱崎川」もない。「竪川」も水深が浅く、船の航行が困難で、横川も、一部は、「大横川親水公園」となってい て船で通ることはできない。そんなわけで、「本所・桜屋敷」（第一巻・第二話）の最後に、長谷川平蔵が舟で行く名場面があるが、この行程を、再現することはできない。

そこで、苦心の末、左記の二つのコースを《「鬼平」が、舟で行く》と題して、江戸・東京の川と堀をめぐってみた。

一つは、「**大川の隠居**」（**第六巻・第五話**）**コース**で、長谷川平蔵と岸井左馬之助が、日本橋の思案橋たもとにある船宿「加賀や」から、船頭・友五郎の舟で浅草へ出かけて行くコースである。この行程は、話の最後に、平蔵と友五郎がもう一度同じコースをたどっていて、このとき「大川の隠居」（大きな鯉）が出て来るという『鬼平犯科帳』名場面のひとつになっている。原作者の池波さんが選んだ「鬼平」ベスト5の一つでもある。

さっそく、出かけてみることにする。

日本橋南詰にある「双十郎河岸」の船着場から、チャーターした「東京湾クルージング」の船に乗り日本橋川を下る。案内役は、「日本橋リバーガイドクラブ」の名調子・稲垣勝啓さんである。

日本橋南詰の双十郎河岸

船が出るとすぐ左手には、かつては、東堀留川が日本橋川へそそぐ河口が見えたはずだが、現在は、東堀留川も埋めたてられ、河口もコンクリートの壁に閉ざされていて、水門跡の施設がわずかに確認されるに過ぎない。地上のこの辺を歩いてみると、日本橋小網町9－1にある「小網町児童遊園」が、東堀留川と日本橋川との合流部分で、遊園地前の道路の盛り上がったところが「思案橋」の跡である。船宿「加賀や」は、この橋の西詰に設定されていた。だから、彼等三人を乗せた舟は、ここからスタートしている。

しばらく、船がすすむ……。

鎧《よろい》橋、茅場《かやば》橋をくぐると、右手に亀島川と合流する水門が見えて来る。この対岸くらいに、その昔、「箱崎川」が流れていて、大川（隅田川）へ通じていたのだが、現在は埋め立てられて首都高速道路の「箱崎ＪＣＴ」となっている。原作では、船頭・友五郎があやつる舟は、ここから箱崎川へ入り「行徳河岸」を経て「三ツ俣」へ出ている。

そんなわけで、我々の船は、さらに日本橋川を下り、豊海《とよみ》橋をくぐって大川（隅田川）へ出ることになる。

いっきに視界がひらけて、素晴らしい眺めが飛び込んで来た。

ここから隅田川を上り、浅草へ向かうわけだが、途中、「竪川」の河口へ寄る。原作にある岸井左馬之助が陸へあがった「東両国の岸」が、この「竪川」河口の北側あたりで、「本所・尾上町」（現：墨田区両国二丁目）がこの辺にあたる。

左馬之助が戻るのを待つあいだ、舟の上で暮れなずむ空をながめながら平蔵と船頭・友五郎が一服する。友五郎の手に「問題の銀煙管」が……。「大川の隠居」の見せ場の一つはここにある。

船は、さらに、大川（隅田川）を上って行く。

いくつもの橋を通り抜けて、「吾妻橋」をくぐる。

大川（隅田川）を行く

間近に行き交う船と左右に広がる空間、「東京スカイツリー」のバランスが見事なものである。

原作には、「舟は大川橋（のちの吾妻橋）をくぐり、尚も、大川をさかのぼっていた。西岸は、浅草・山之宿の町なみの向うに、金龍山・浅草寺の大屋根が月光をうけて夜空に浮きあがり、東岸は三めぐりの土手から長命寺、寺嶋あたりの木立がくろぐろとのぞまれる」という描写があるが、現在は、とてもこのようなわけにはいかない。

〝大きな鯉〟（大川の隠居）が出て来たのは、「吾妻橋」をくぐって間もなく、今の、「言問橋」あたりである。この話の二つ目の見せ場は、この辺の描写にある。

長谷川平蔵と友五郎を乗せた舟は、大川から「山谷堀」へ入り、「今戸橋」北詰にある船宿「嶋や」へ行くわけだが、現在の隅田川の山谷堀河口はコンクリートの壁で閉ざされ、わずかに水門がその位置を教えてくれるだけである。

《「鬼平」が、舟で行く》「大川の隠居」コースはここで終了である。

もう一つは、「**泥亀**」(第九巻・第三話)**コース**で、長谷川平蔵と同心・木村忠吾が、船頭・弁吉の舟で、深川・石島町の船宿「鶴や」へ行く場面だ。密偵の伊三次がおびきよせた盗賊・関沢の音吉を逮捕に、小房の粂八のやっている「鶴や」へ向かうシーンである。

原作では、役宅から舟が舫《もや》ってある神田川の昌平橋まで歩き、そこから舟で神田川を下り、大川(隅田川)へ出て、小名木川へ入り、横川へ右折して、深川・石島町の船宿「鶴や」へ向かっている。

我々の船は、「大川の隠居」コースと同様に、日本橋南詰にある「双十郎河岸」の船着場から出発して、日本橋川を上り神田川へ入る。これは、昌平橋に船着場がないのでこういうコースをたどることになったので、日本橋川上流の観光も兼ねているわけである。

神田川へ出た船は、川を下り、やがて「柳橋」をくぐって隅田川へ出る。隅田川を少し下り、対岸の小名木川へ入る。桜紅葉の美しい光景をながめて東へ進むと、大横川との交差部へ出る。ここを右折すると、間もなく「扇橋」である。

現在の「扇橋」は、少し南へ移動しているが、当時は、川の交差部の近くに架かっていた。

原作の「暗剣白梅香」（第一巻・第六話）に、船宿「鶴や」の位置について、「金子半四郎は〔鶴や〕と堀川をへだてた扇橋代地の居酒屋にいて、川向うの〔鶴や〕の二階を見張っていた……」と書かれているので、船宿「鶴や」は、現在の大横川に架かる「亥之堀橋」東詰南側の江東区石島1番地あたりにあったと推定される。

船の遊覧は、まだまだ続くが、《「鬼平」が、舟で行く》「泥亀」コースは、深川・石島町の船宿「鶴や」への到着をもって終了である。

それにつけても、高速道路に覆われた「日本橋」……。

いつだったたか、讀賣新聞朝刊の「よみうり時事川柳」（讀賣新聞二〇一九年九月三日付）のコーナーに、「名月を拝む日を待つ日本橋」という句が載っていた。早く、平和な日本の空を見せてやりたいものである。

変装は、頭をまるめて坊さんに……

『鬼平犯科帳』では、火付盗賊改方の同心は、百姓にも、町人にも変装するが、「頭をまるめて坊主」に化けるのも得意中の得意。

同心・松永弥四郎などは、デビュー作の「夜針《よばり》の音松《おとまつ》」で、最初から坊主の姿で登場して来る。以後、松永同心は、何かにつけ頭をまるめて僧侶に変装しているが、いったい、髪の毛が生えそろう暇があるのだろうか……。

以下に、盗賊改方のメンバーが、坊主に変装した順に列記してみると、まず、最初は、木村忠吾が「泥鰌の和助始末」（第七巻・第五話）と「五月雨坊主」（第十巻・第四話）で頭をまるめている。次いで、山田市太郎が「犬神の権三」（第十巻・第一話）で、小柳安五郎が「網虫のお吉」（第十六巻・第二話）と特別長篇「誘拐」（第二十四巻・第三話）で、前述した松永弥四郎は、「夜針の音松」（第十三巻・第三話）、特別長篇「鬼火」（第十七巻）、「一寸の虫」（第十八巻・第四話）、特別長篇「誘拐」（第二十四巻・第三話）で坊主になっている。御大・長谷川平蔵も、特別長篇「迷路」（第二十二巻）で頭をまるめ、托鉢僧に変装している。

長谷川平蔵の親友・岸井左馬之助も、「浅草・御厩河岸」（第一巻・第四話）につづいて、「妖盗葵小僧」（第二巻・第四話）でも頭をまるめて僧侶に変装している。また、変わったところでは、「兇賊」（第五巻・第五話）の芋酒屋のおやじ・鷺原《さぎはら》の九平も坊主に変装して密偵のような役をやっている。

ちなみに、頭をまるめた侍が、髷《まげ》を結えるようになるまでには、一年半から二年近くかかるそうだ。

火付盗賊改方同心の「働き方改革」

徳川幕府の先手組は、弓組十組、鉄砲組が二十四組あった。

ひと組は、多少の増減はあるが、与力十名、同心三十名をもって構成されていて、このうちの弓二組の頭が、長谷川平蔵宣以で、「火付盗賊改」を兼務（加役）していた。

この長谷川平蔵をモデルにした「時代小説」が、『鬼平犯科帳』である。

さて……。『鬼平犯科帳』の一方の主役が盗賊なら、もう一方の主役は、密偵であり同心である。

そこで、今回は、現在、社会問題となっているサラリーマンの「長時間労働」や「残業」などの観点から、盗賊改方・長谷川平蔵の組下同心と、現代の警視庁管内の警察署に勤務し、パトロールを任務とする「地域課」の警察官の「勤務状態」について比較検討し、「働き方改革」のたたき台にしてみようということになった。

「あきれた奴」（第八巻・第二話）には、主人公の同心・小柳安五郎の勤務日程が、次

池波正太郎 画

のように書かれている。

「小柳安五郎は、同僚の金子半助と共に上野・谷中方面の巡回を受けもっている。二人で交替に、昼夜ぶっ通しで巡回するわけだ。夜勤のときは五ツ半（午後九時）ごろに役宅を出て行き、翌朝六ツ（午前六時）に役宅へもどるのである。非番といっても、せいぜい月に一度で、そのときは別の同心が替《かわ》ってくれるのだ」とある。

すなわち、毎日九時間働きっぱなしで、休日は月に一度。これが、今から約二百三十年前の、『鬼平犯科帳』にみる火付盗賊改方同心の「勤務状態」である。

それでは、東京の警視庁管内をパトロールする、現代の「地域課」の警察官の「勤務状態」は、どんなものなのか……。

警視庁の警察官の身分は、東京都の地方公務員である。管内の警察署に所属する「地域課」の警察官は、どの署でも同じ勤務体制をとっているそうだ。

わかりやすくするため、某警察署の「小柳安五郎警官」の、ある月の勤務スケジュールをみてみた。十月一日、朝八時三十分から夕方五時十五分まで勤務。これを、専門用語で第一当番という。病院の看護師の日勤に相当する。十月二日は、午後二時三十分から翌十月三日の朝九時三十分まで勤務。これを第二当番といい、看護師でいうと三交代制の準夜勤と深夜勤をつづけてやったことになる。三日の九時三十分以後同日の二十四時までを非番という。翌、四日は休日となる。

この四日間のサイクルを繰り返し継続していくわけで、有給休暇やいま話題になっている「育児休暇」も、地方公務員に準じて適宜取得しているとか……。

以上が、現代の「地域課」の警察官の勤務状態だが、寛政時代の火付盗賊改方の同心と、あまりに違い過ぎて、比べてみることも、議論の対象にもならない。

千住節《せんじゅぶし》

「流星」(第八巻・第四話)の大詰めで、密偵・小房の粂八が、川越の新河岸川の河岸場から半里あまり南の、福岡村の外れにある「化《ば》けもの寺」を見張っている場面がある。

この見張り所へやって来た長谷川平蔵と、粂八の会話だが、新河岸川を行く荷舟を見て、粂八が「川越荷舟」について説明し、「あの舟は、明日の朝の五ツ(午前八時)すぎに千住大橋へ着きますんで、夜の白しら明けに、船頭が眠気ざましに唄う、それが千住節なので」と、いうと、平蔵が「千住女郎衆は、碇《いかり》か綱か、今朝も二はいの船とめた、というやつだな」と、返すくだりがある。

この千住節だが、ものの本によると、この唄の源流は、江戸時代末期から明治初期にかけて、江戸の花柳界を中心に大流行した「二上がり甚句」であるとか。これが千住の宿場にも持ち込まれ、芸者衆によって盛んに唄われ「千住節」という流行歌になったそうだ。

いつしか、千住の遊郭へ通う人たちには「流し唄」として、酒席では「はやり唄」として流行し、一方、荒川を往来する川越船の船頭は「舟唄」として、木材を筏《いかだ》に組んで江戸の深川・木場へ流してくる筏師たちは「筏節」として唄い広まって行った。

「千住女郎衆は、碇か綱か、今朝も二はいの船とめた」……これを聞いた粂八は、びっくり。「いかに下情に通じているとはいえ……」、四百石の旗本で先手組の組頭・長谷川平蔵が、この「千住節」の一節を知っていようとは、思いもよらなかったのである。

「鬼の平蔵」のふところ、広くて、また深い……。

〽千住女郎衆は、木の末雀、お客目がけて飛んでくる
〽惚れて通えば、千里の道も、さほど遠いとは思わない

「密偵たちの宴《うたげ》」

「密偵たちの宴」（第十二巻・第四話）は、筆者が選ぶ『鬼平犯科帳』ベスト5の一つである。

あらすじは、長谷川平蔵の腹心の密偵「いつもの六人」が、大滝の五郎蔵の家で、久しぶりに懇親会を開く。

飲むほどに酔うほどに、誰からともなく、「畜生ばたらきの、今どきの盗賊どもに、本格の盗《つと》めを見せてやりてぇ……。昔の、盗めの血が騒ぐ……」ということになり、話はどんどんエスカレート。とうとう、大滝の五郎蔵を頭とする精鋭六人が、浅草・橋場の金貸し医者・竹村玄洞の金蔵をやろうということになる。ひとり、〝おまさ〟だけが、ハラハラして見守る……というような出だしの話である。

ところで、この「いつもの六人」だが、それぞれ、長谷川平蔵に心服して密偵になった時期が違う。

密偵・第一号は、相模の彦十で、天明八年（一七八八年）正月の「本所・桜屋敷」の篇で。次いで、小房の粂八が天明八年春の「血頭の丹兵衛」で。〝おまさ〟が天明八年秋の「血闘」で。伊三次も天明八年秋。大滝の五郎蔵と舟形の宗平は寛政元年（一七八九年）の「敵」という話で、密偵となっている。

この「密偵たちの宴」という話のクライマックスは、「いつもの六人」が、金貸し

「庵地焼」の筒型の花入れに桜の一枝

医者・竹村玄洞の金蔵から本格の「盗め」で金を奪うことに成功し、数日後、盗んだ八百五十両をそっくり玄洞の用心棒宅へ返却。全員、溜飲を下げたところで、再び、大滝の五郎蔵宅で祝賀会をやる場面だ。

「宴の席」に、盗賊改方の役宅に寄って、遅れてやって来た〝おまさ〟が、五人の男を相手にきり出す啖呵……。その小気味の良さ、テンポ、リズムともにいうことなし。

とにかく、痛快！　痛快！

庵《あん》地《ち》焼《やき》

「密偵たちの宴」は、「今戸焼の筒形の花入れに、咲きそめた桜の一枝が挿《さ》しこまれてあった」という書き出しで始まる。

供覧した写真は、今戸焼の筒形の花入れではないが、越後の村松を訪ねたときに手に入れた「庵地焼」の花瓶に、咲きそめた桜の一枝である。

越後の村松は、「泥鰌の和助始末」（第七巻・第五話）に登場した無頼浪人の首領・塚田要次郎の故郷である。

盗賊・墨《すみ》つぼの孫八《まごはち》と「御止《おと》め鍛冶《かじ》」伝説

『鬼平犯科帳』には、大工あがりの盗賊が、三人出て来る。

まず、最初の一人が、「深川・千鳥橋」（第五巻・第一話）の主人公・間取りの万三である。万三は、その異名の通り、普請にかかわった家の間取りを図面にして、しかるべき盗賊に売って金にしている大工で、直接、「盗め」に加わるようなことはない。次が、「泥鰌の和助始末」（第七巻・第五話）の、「大工小僧」と異名をとった盗賊・泥鰌の和助で、大工仕事のかたわら建築にかかわった家に「盗み細工」を施し、これを使って押し込もうという本格派だ。三人目が、今回の「細見」対象となる第十三巻・第四話の主人公で、やはり本格派の盗賊・墨つぼの孫八である。

原作に、「孫八は、押し込んだ先の金蔵の錠前を開けるとき、蠟型を取って合鍵をつくるような面倒をかけない。いきなり鉄の錠前を鋸で挽き切ってしまう」と書かれている。そこで、長谷川平蔵が、この鋸《のこぎり》の出どころを調べるため神田三河町の大工の棟梁・長五郎の家を訪ねると、「はい。それだけの鋸を鍛えることができるのは、おそらく天下に五人とはおりますまいと存じます。さようでございます。鋸は会津若松の中島鍛冶がいちばんでございましょう。そのながれを引いた者が江戸にもおりますが、私どもは、江戸の鋸鍛冶なら、先ず目黒の松蔵とおもっております。この爺さまは変人でございますが、やはり会津のながれを引いた名人でございますよ」という一節がある。

ここに注目。

後段の「目黒の松蔵」は創作と判断したが、前段の「鋸は会津若松の中島鍛冶」は、原作者の池波さん、どこからこの話を持ってきたのだろうか？

かつて、「会津の鋸鍛冶」をさがして、ながい探索の旅がはじまる。

「会津の鋸鍛冶」は、たいそう栄えたそうだ。ところが、時代の流れとともに、電気鋸の登場や建築工法の進歩などにより、手挽きの鋸の需要が減り、衰退の一途をたどる。現在では、会津若松の鋸鍛冶は、「三代目・中屋伝左衛門」（本名：五十嵐征一さん）、ただ一人となってしまう。

会津若松の「中屋伝左衛門鋸こうば」を訪ね、当方の主旨を話し、原作の該当する部分を読んで頂き、「土蔵の閂《かんぬき》や鉄の錠前を挽き切る鋸」についで話をうかがった。

五十嵐さんによると、「それだけの鋸を鍛えるには、水を使う焼き入れではだめで、おそらく、油や砂を使ったのではないか……」。

このとき、五十嵐さんが『道具曼陀羅』(毎日新聞社)という本を紹介してくれ、この中に、幕末の会津の名工・中屋助左衛門が鍛えた鋸の写真と、それにまつわるエピソードが載っていた。

さあ……。こうなると、「助左衛門が鍛えし業物」、見たくなるのが自然の理。「助左衛門の鋸」をさがして、またまた、ながい探索の旅が始まる。

やっと行き着いたのが、東京都世田谷区三軒茶屋にある「土田刃物店」である。三代目店主の土田昇さんは、その道では知られた人。お会いして、これまでの経過を説明し、問題の「鉄の錠前をも挽き切るという助左衛門の鋸」を見せて頂いて、「御止め鍛冶」伝説という話をうかがった。

江戸時代後期、会津は鋸鍛冶で大いに栄えた土地で、たくさんの鋸が作られるとともに、創意工夫と技術の改良で名品が誕生する。

こんな中、江戸では、土蔵の門や金蔵の錠前を鋸で挽き切る盗賊が横行し、幕府は、鋸鍛冶に、鋸の製作を禁止する触れを出した。これが「御止め鍛冶」伝説というものだが、一方で、会津の鋸鍛冶の技術がいかにすぐれていたかを物語るものであった。

「中や助左衛門」、「中や重左衛門」、「大久保権平」などの鋸鍛冶は、この道の名工と言われた人だそうだ。

写真は、「土田刃物店」所蔵の助左衛門が鍛えた「八寸片刃横挽きの鋸」であるが、土田さんは、『道具曼陀羅』に載っている助左衛門の鋸では、「大きすぎて、目も粗く、錠前は挽き切れないのではないか……」という。

池波さんは、会津地方を旅していて、いつかこの情報に接し、「墨つぼの孫八」のヒントにしたのではないだろうか……。

「助左衛門の鋸」土田刃物店所蔵

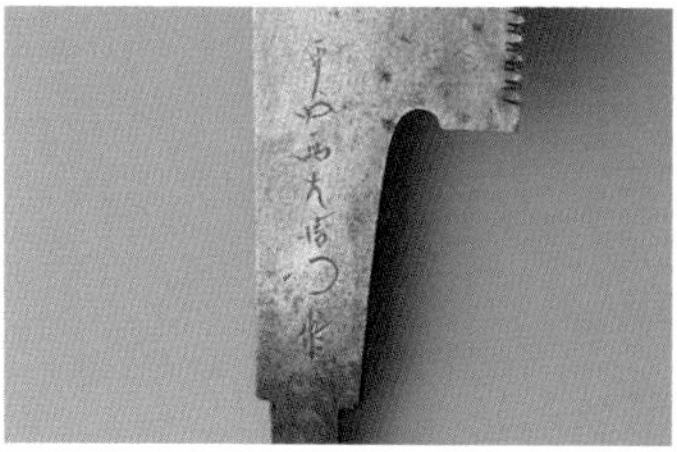

銘部分「中や助左衛門作」

盗賊は、馬が必要だったか……？

「影法師」（第十六巻・第一話）は、火付盗賊改方の同心・木村忠吾が、またまた、「さむらい松五郎」に間違われる話である。

この話の冒頭、「盗賊・塩井戸《しおいど》の捨八《すてはち》一味六人は、中仙道・熊谷宿の料理屋〔棚田屋〕へ押し込み、七人を殺傷して二百七十余両を強奪。一味は二手に別れ、盗んだ金を井草の為吉が用意しておいた馬の背に乗せ、上州・白石の村外れにある盗人宿へ逃走する」という記述がある。

さて、ここで問題がある……。

このくだりを、単純に読むと、わずか二百七十余両の盗金の運搬のために「馬が必要だったのか……」ということである。

二百七十余両の、重さは約5～6kgである。これぐらいの金なら身につけて逃走した方が、何かと安全なはずだ。

現に、「盗法秘伝」（第三巻・第二話）では、伊砂の善八と長谷川平蔵が三百両余りを胴巻きに入れて旅をしている。また、「隠居金七百両」（第七巻・第二話）では、薬師の半兵衛という盗賊が七百両の金を背負って移動している。だから、二百七十余両ぐらいの盗金を運搬するのに、馬は必要なかったのではないか。むしろ、逃走するには、金は身につけていた方が安全で、馬はいらなかったのではないか？

以上のような疑問が生じる。

ところが、塩井戸の捨八一味六人は、押し入るとき、すでに馬を用意している。これは、何を意味するのか？

そこで、問題点を大きく三つに分けて議論することにする。

まず、一つは、塩井戸一味は、最初から、現金以外にも金目のものも盗んで、それも一緒に馬に積んで逃走しようと計画していた場合である。

二つめが、料理屋「棚田屋」の金蔵には、数千両の金が眠っているとふんで、馬を用意した場合だ。しかし、前後の文面からは、とても、引き込み役を入れて下調べをするような、高級な盗賊とは思われない。

三つめが、二百七十余両が小銭で、総重量が重くなることが予想されたので馬を用意した場合である。

以上の三点について検討を加えてみる。

まず、三番目の「小銭で総重量増加」説は、あり得ることだが考えにくい。

次に、二つめの、「棚田屋」には「数千両の金があるはずだ」とふんだにしては、六人という少人数で押し込み、引き込みもなく、このような大仕事をするとは考えられない。

残った一つ……本来、現金以外盗まないのが本格の「盗め」の常道だが、この手の小規模な「急ぎばたらき」の盗賊では、十分考えられることである。

結論として、原作者の池波さんの説明はないが、第一番目の説、塩井戸一味の盗賊は、目をつけた料理屋「棚田屋」へ押し入り、七人を殺傷して、二百七十余両を強奪するとともに金目のものも盗んで、一緒に馬で運んだと考えるのが妥当である。すなわち、塩井戸一味は、「急ぎばたらき」の田舎盗賊で、「盗めの品格」なんぞというものはとても考えたこともない連中である。

「近江《おうみ》八景」を行く

かつては、全国にその名をとどろかせたという「近江八景」。いまでは、これを見て廻ろうという観光客は少なくなってしまった。

これは、ひとえに、かつての名勝「近江八景」そのものが時代とともに変わり、さびれてしまったからである。

東京にある滋賀県のアンテナショップにも「近江八景」を案内するパンフレットがなく、大津市役所の観光振興課から取り寄せたくらいである。また、大津中央郵便局の壁に描かれた成安造形大学のコンピューターグラフィックスによる「近江八景・今昔」の絵も、自転車置き場とその屋根によって隠れてしまい、全部を見ることができない。「近江八景」衰退の象徴である。

しかし、一度は観てみたい、行かなければならない「近江八景」。その没落ぶりを、この目で、しかと確認しようと出かけてみた。

満月寺の浮御堂

特別長篇「雲竜剣」(第十五巻)の主人公で剣客医者・堀本伯道の故郷は、近江の堅田である。これにこじつけた今回の「細見」だが、ただ、時間を使っただけで印象のうすい旅だった。

大津駅で待ち合わせた観光タクシーに乗って、「八景」めぐりをスタートする。

歌川広重の浮世絵で知られる「近江八景」は、「石山の秋月」、「瀬田の夕照」、「粟津の晴嵐」、「矢橋の帰帆」、「三井の晩鐘」、「唐崎の夜雨」、「堅田の落雁」、「比良の暮雪」である。

この絵の素晴らしさと、観光客が期待するイメージと、現実の「近江八景」とのギャップが、これほど乖離《かいり》している例も珍しい。

要は、「近江八景」は、浮世絵上の景色であって、現在は見る影もないということである。

こういうわけで、「八景」の一つひとつについて、見て廻った感想を書く気にはとてもなれない。わずかに、「堅田の落雁」に見る満月寺の「浮御堂」が、その面目を

「近江八景　堅田の落雁」歌川広重〔魚栄版〕
（国立国会図書館蔵）

保っているだけである。

従って、案内しようとする観光タクシーの運転手さん、名勝「近江八景」の美しい風景を、誇らしげに案内するところがなく、おのずとさめた感じだ。

ところが、「仕事は、仕事……」とばかりに、知っていること、覚えてきたことをしゃべり通し。これもよくある災難のひとつだが、一方的に3時間、怪しげな歴史的背景も交えて、マニュアル通りに聞かされるお客さんは、たまったものではない。

そんなわけで、三井寺の茶店で食べた「力餅」と、タクシーを降りて料金を払い、解放されたときが一番感激した。

芝・西の久保の扇屋「平野屋源助《ひらのやげんすけ》」

『鬼平犯科帳』は、盗賊が主役である。

いろいろユニークな盗賊が出て来るが、中でも、「穴」（第十一巻・第三話）の主人公・平野屋源助は愉快だ。

源助は、七十歳、独身。かつて、「帯川《おびかわ》の源助」と異名をとった本格派の盗賊の首領で、上方から中国すじを縄張りにしていた。十年前に、組織を解散、「盗め」の世界から引退し、江戸へ出て来て、芝・西の久保で「平野屋」という扇屋を営んでいた。番頭・茂兵衛は、もと「馬伏《まぶせ》の茂兵衛」と異名をとった腹心の部下である。

この二人がもと盗賊だったことは、茂兵衛の女房やむすめ、奉公人もまったく知らない。

「鶴のように痩せた」風貌で、「朝は焙じ茶に梅干しが三粒。昼は白粥で、梅干し三粒。夜は、ゆっくりと時間をかけて、酒を二合。このときも梅干しが三粒で、ほかの

復刻版江戸切絵図〈芝口南西久保〉愛宕下之図（部分）

ものは口に入れない」と、原作にもあるように、これが源助の食生活のすべてであった。

俗世界から引退し、「悟りの境地」といった源助だが、昔の「盗《つと》め」の血が騒ぎ、ある日、離れにある自分の寝間の押し入れの下から穴を掘って、隣の化粧品屋「壺屋菊右衛門」方へ侵入する。三百余両を盗み、後日、これをもとの場所へ戻しておくという究極の道楽をやってのけた。これが、「穴」という話である。

この後、平野屋源助と番頭の茂兵衛は、盗賊改方の密偵となり、折にふれ、長谷川平蔵の手足となって働くようになる。

「殺しの波紋」（第十三巻・第二話）が、密偵としての平野屋源助主従の初手柄で、次いで、特別長篇「雲竜剣」（第十五巻）、「春の淡雪」（第二十一巻・第五話）、特別長篇「炎の色」（第二十三巻・第二話）、特別長篇「誘拐」（第二十四巻・第三話）などに登場し、源助と茂兵衛は、ともに、渋い味を出している。

ときどき、「鬼平犯科帳の中で、どの登場人物になりたいか……」と、訊かれることがあるが、筆者は、迷わず、この「平野屋源助」と答えている。

いいじゃないですか！

この枯れた、七十男の一途な遊び心。

ちょっと寄り道

洒落《しゃれ》

『鬼平犯科帳』にも「洒落」が三個所出て来る。

最初が、この「穴」で、読者は思わず苦笑したことだろう。

平野屋源助と番頭・茂兵衛の会話……。

「はい。なにしろ、お頭……」

「叱《し》っ。声《こい》が高い」

「鮒《ふな》が安い」

と、いうやつだ。この「洒落」は、「見張りの糸」(第十六巻・第五話)でも、やはり、もと盗賊の家族が同じような場面で使っている。

もう一つが、「泣き味噌屋」(第十一巻・第四話)で、同心の小柳安五郎と密偵・伊三次の会話がある。

「ですが旦那。めったに竹刀《しない》の音もしない、いいということですぜ」

奥庭に咲く四季の花

原作者の池波さんは、『鬼平犯科帳』各篇の季節を表現するのに、「食べ物」や「草花」を用いている。

例えば、「暗剣白梅香」（第一巻・第六話）の最後に、船宿「鶴や」の亭主・利右衛門が、「手料理の白魚と豆腐の小鍋だてと酒をはこんできた」という記述があるが、これを受けて長谷川平蔵が、「春のにおいが湯気にたちのぼっているなあ、左馬」と感想を述べている。「暗剣白梅香」は、寛政二年、初春の話である。

また、「むかしの女」（第一巻・第八話）には、「水郷深川の草地に溝萩《みぞはぎ》が咲きみだれ、ところの女の子たちが鳳仙花《ほうせんか》の葉や花弁をもみつぶし、これで爪を染めたりしてあそびはじめた」という描写があり、秋の訪れを現している。

江戸城・清水門外の火付盗賊改方の役宅奥庭にも、四季折々の花が咲き、季節がうつり変わっている。

「用心棒」（第八巻・第一話）には、「小柳のうしろから、軍兵衛は大玄関の横手の潜門《くぐり》から内庭へ入って行った。内庭と奥庭の境にも、低い土塀がある。土塀の潜門を入ると、そこは奥庭で、正面が長谷川平蔵の居間であった。若葉の鮮烈なにおいがたちこめてい、植込みの紅と白の躑躅《つつじ》が盛りである」と書かれている。この話は、寛政五年春の物語で、最後に、事件の関係者が、清水門外の火付盗賊改方の役宅へ出頭して来る場面である。長谷川平蔵が、高木軍兵衛を役宅の奥庭へ招き、今回の事件をふりかえるとともに、軍兵衛に、市ヶ谷・左内坂の坪井主水の道場を紹介するシーンで、このときの情景描写に、奥庭に「躑躅」を登場させ、春の到来を演出している。

「雨引きの文五郎」（第九巻・第一話）の冒頭には、「役宅の奥庭の一隅に長谷川平蔵みずから植えこんだ梅擬《うめもどき》の小さな実も、赤く熟して……」と書かれていて、深まった秋を感じさせてくれる。

また、「蛇苺」（第十八巻・第三話）には、「開け放った障子の向うに、奥庭の木や草が滴《したた》るように鮮烈な緑の色があふれ、植え込みの南天が六弁の小さな花をつけているのが目に入った」という記述がある。南天は秋に実をつけるが、花は五月か六月頃に咲き、これから夏を迎える季節を現している。

このように、池波さんは、「火付盗賊改方の役宅奥庭」に、折にふれ、〝満開の白

南天

梅擬

藪椿

山桜桃

木槿

梅〃や、〃赤くさきひらいた藪椿《やぶつばき》〃、〃木槿《むくげ》〃に〃山桜桃《ゆすら》〃など……、十二種類もの草花を咲かせ、季節を表現している。

ところで……。江戸城・清水門外の火付盗賊改方の役宅は、切絵図上は「御用屋舗」となっている。池波さんは、ここに役宅を設定し、私邸は目白台に置いた。すなわち、この清水門外の役宅は、職務遂行の司令室であり、組下の与力や同心の勤務先でもある。そして、牢屋や白州も併設されていて、幕府の刑事にはたらく特別警察の役所となっているのである。

こういう役宅だから、味気のない男の世界。とかく、殺伐となりがちになることは言うまでもない。

だが、一方で、長谷川平蔵夫婦の生活の場でもある。

そこで、「奥庭」に、四季折々の花を咲かせて、束の間の安らぎとともに、物語に、季節のうつり変わりと色合いを与えようと考えたのではないだろうか……。

「長谷川平蔵手ずから植えた梅擬」に、妻女の〃久栄〃が、そっと水をやる姿が、行間から見えてくる……。

女賊〝お松〟の煙草《たばこ》入れ

特別長篇『迷路』（第二十二巻）の第一章「豆甚《まめじん》にいた女」に、女賊〝お松〟が、浅草・新堀端の居酒屋「豆甚」の亭主・甚七と話をしている場面がある。

このときの描写に、「お松の顔も、別人のように険しくなっている。帯の間にはさんでいた唐桟《とうざん》の煙草入れから、女持ちの銀煙管《ぎんぎせる》を引き出したお松が、……」という記述があり、ここに目が留まった。

「帯の間にはさんでいた唐桟の煙草入れ」とはどのようなものなのか……。特別長篇「迷路」を読みだして間もなく、この文章にふれて、にわかに興味が湧きおこる。今回は、この「煙草入れ」を探し求め、結果、写真のような「唐桟の煙草入れ」を作るにいたった過程について書いてみることにする。

前記の文章には、二つの要素がある。一つは、「帯の間にはさむ煙草入れ」で、もう一つが「唐桟の煙草入れ」である。

まず一つ目の「帯の間にはさむ煙草入れ」だが、これは業界用語で「利休型」といわれる煙草入れで、女の人が帯の間にはさんで持ち歩いたものである。この「利休型」の煙草入れを探して、暇ができると骨董屋めぐりをした。銀座、日本橋界隈に、こんなに沢山の骨董屋や古美術商があろうとは、この日まで思いもよらなかった。

また、静岡県掛川市にある、二の丸美術館では、唐桟の生地で作られた煙草入れが所蔵されていて拝見させて頂いた。細い縞模様、落ち着いた色合い、手触り感、初めて「唐桟」というものを目の当たりにして、その品の良い渋さに驚いたものである。

だが、いずれも腰差しのもので、「利休型」の煙草入れにはお目にかかれなかった。

そもそも、「唐桟」は、舶来の木綿の織物のことで、絹のようなきめ細かい布地に細い縦縞が入っていて、当時、大変高級なものだったそうだ。通人は、唐桟で作った着物や羽織などを着て競い合ったとか。

こんなある日、歌舞伎座の方から紹介された埼玉県越谷市にある、「藤浪小道具株式会社」が、「帯の間にはさむ煙草入れ」を所蔵していることがわかる。さっそく、出かけて、見せて頂いた。ところが……、これは芝居の小道具として揃えてあるもので、二つ目の要素である「唐桟」の布で作られたものではない。

「帯の間にはさむ唐桟の煙草入れ」は、いずこに……。

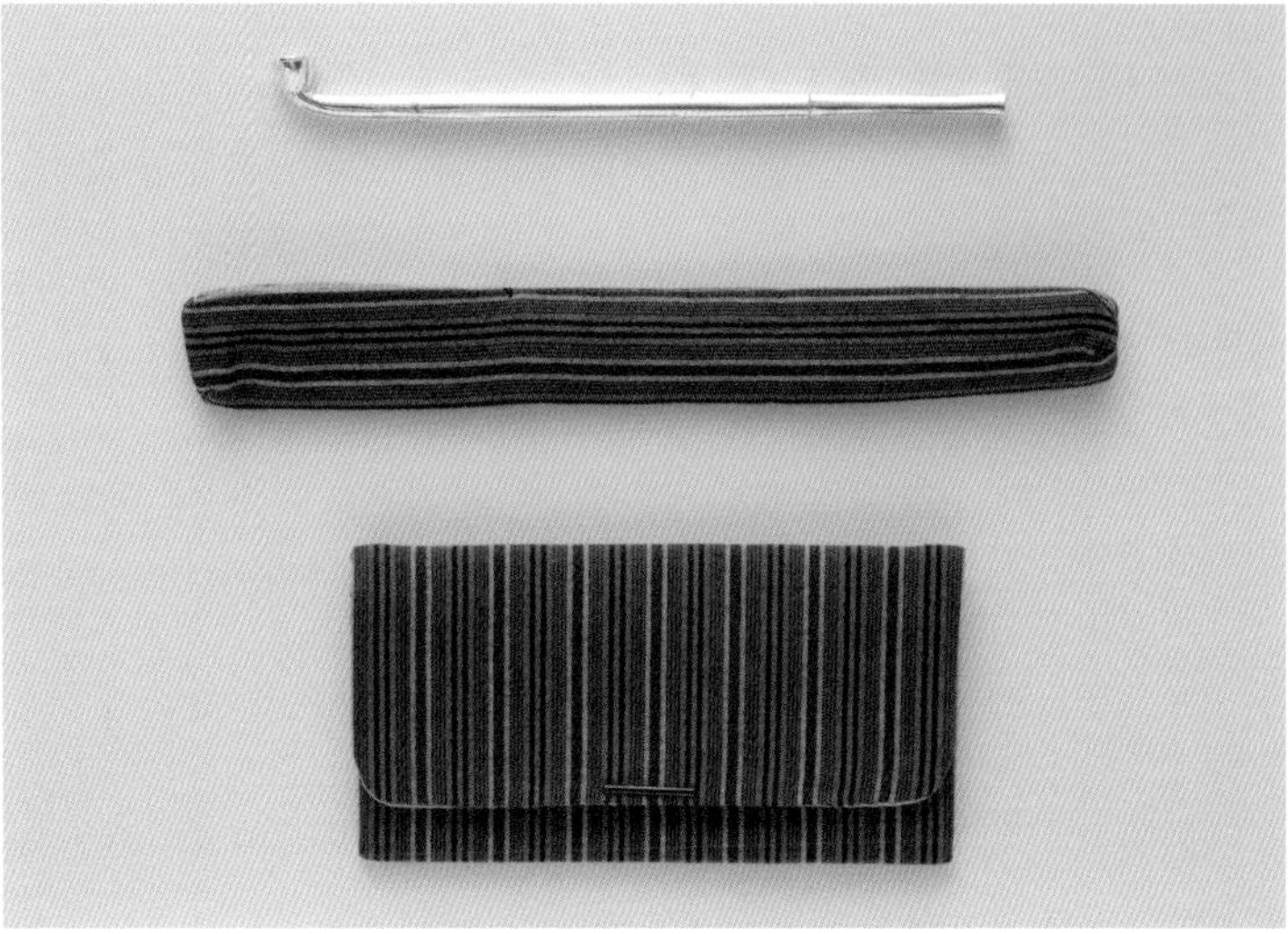
唐桟の煙草入れと銀煙管

そこで、考えた。出来上がった「帯の間にはさむ唐桟の煙草入れ」を探すことは断念し、「藤浪小道具株式会社」から借り受けた「利休型の煙草入れ」をモデルに、「唐桟」の布地を手に入れて、「煙草入れを作ってみよう……」と決意する。

なにはともあれ、唐桟の布地を探して、まず、日本橋「三越」の呉服売り場へ出かけてみた。ところが、三越では、「現在、唐桟の生地は扱ってない……」とのことだ。いろいろ調べてくれ、埼玉県川越市にある呉服「笠間」には「川越唐桟」が揃えてあるという。ただちに、川越へ向かう。

店内には唐桟の布地が並び、この生地で作られた財布や名刺入れなどの小物も展示されていた。これらを見て、「ようやくたどり着いた……」ことを実感する。

「笠間」の四代目の当主・笠間美寛さんは本業ばかりでなく、「川越唐桟」の歴史や保存について、大学で講義をすることもある、その道ではよく知られた人だ。お会いして、『鬼平犯科帳』原作の該当部分を読んで頂き、当方の主旨と、ここまでに至った経緯を熱心に説明し、しぶるご主人を説き伏せた。

後日、「藤浪小道具」から借り受けた見本の利休型の煙草入れを持って再び訪れ、これをモデルに「帯の間にはさんでいた唐桟の煙草入れ」を作ってもらうことにした。

写真は、筆者が選んだ柄の「川越唐桟」で作った「利休型の煙草入れ」と、新潟県燕市の飯塚昇作の「女持ちの銀煙管」である。この銀煙管は、たばこ・喫煙具専門店の銀座「菊水」を通して、注文して作って頂いた煙管である。

原作者の池波さんは、盗賊の首領・猫間の重兵衛のむすめ〝お松〟に、高級品とされる「唐桟の煙草入れ」を持たせることによって、女としての見栄と裏の世界で生きる女賊の虚勢を、さりげなく描きたかったのではないだろうか……。

「鎌倉節《かまくらぶし》の飴《あめ》売り」と「香煎湯《こうせんゆ》」

「座頭と猿」（第一巻・第七話）に、主人公の一人で、愛宕権現門前の茶店の茶汲女〝おその〟についての紹介記事がある。「おそのは薄幸《ふしあわせ》な女であった。母親が早死をしたので、彼女は七歳のころから鎌倉節の飴売りをしている父親に育てられ……」と書かれている。

この「鎌倉節の飴売り」とはどのようなものなのか……。

江戸時代は、市中に行商人が氾濫。生活に必要なありとあらゆるものが売り歩かれていた。

ものの本によると、江戸時代後期、飴売りだけでも「女飴売り」、「唐人飴売り」、「土平飴売り」など三十種類もあったそうだ。それぞれの飴売りは、売らんがため、客の関心を引くためにいろいろと趣向をこらし、江戸の町を流し歩いていた。

「鎌倉節の飴売り」は、幕末に、三味線を弾きながら「鎌倉節」という流行歌を唄っ

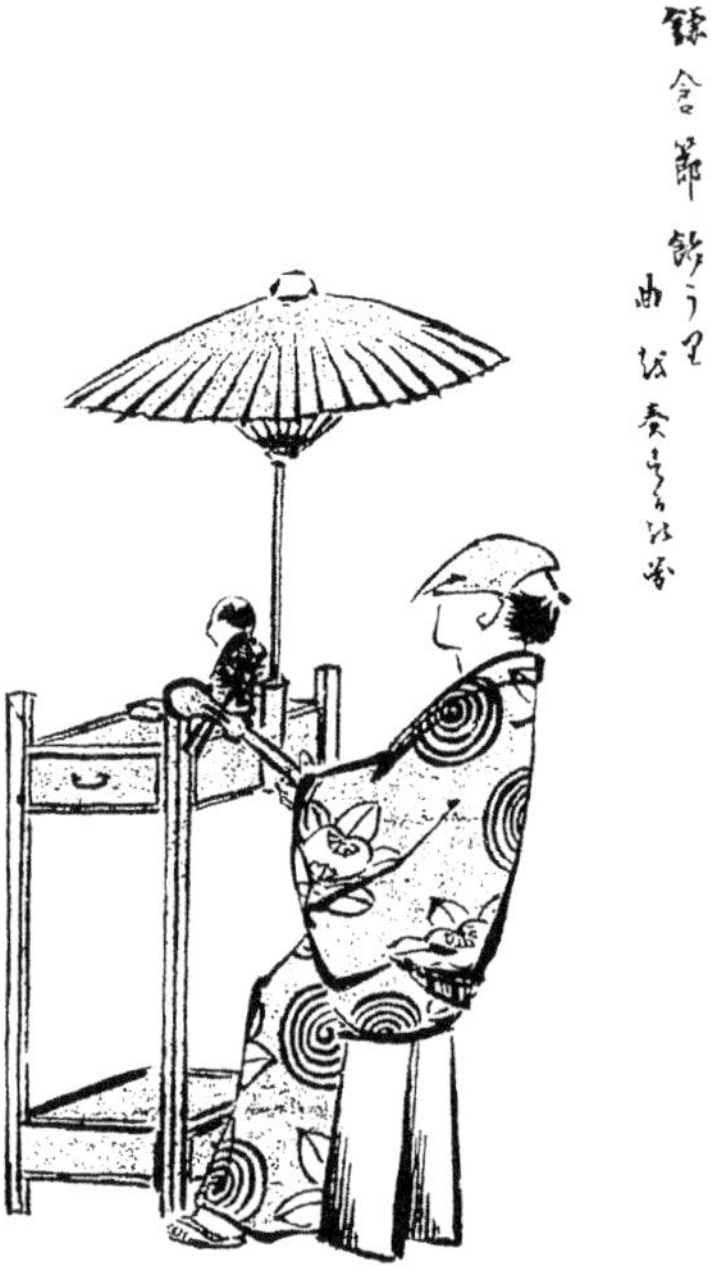

鎌倉節の飴売り「江戸府内絵本風俗往来」
（国立国会図書館蔵）

て飴を売り歩いた行商人のことで、イラストのような格好をして、人形が添えてある三尺ほどの高さの台を持ち歩いていた。この人形は唄に合わせて鉦《かね》をたたく仕掛けになっていた。大そうな人気で、当時の、歌舞伎役者・第十三代市村羽左衛門（のちの第五代尾上菊五郎）は、飴売りから「鎌倉節」の唄を習い、市村座の興行に採り入れて演じたところ評判を得たとか。飴売りが着ている衣装の「橘」と「渦巻」の模様は、市村家の紋所で、お礼に贈られたものである。飴売りは、これを着て売り歩き、ますます、「鎌倉節の飴売り」の人気がたかまり、「鎌倉節」という唄も江戸市中に広がって行ったそうだ。

尚、『日本国語大辞典』(小学館)には、「鎌倉節」の項に、「幕末から明治にかけての流行唄の一つ。〈鎌倉の御所のお庭〉という歌詞からの名。木遣《きやり》音頭から出たので木遣くずしともいう。江戸の飴屋がうたい始めて流行した」とある。

次に、同じ「座頭と猿」の最後の場面に、「こがした大唐米《あかごめ》に香料を混じて煮出した〈香煎湯〉」という飲み物が出て来る。

筆者は、「香煎湯」というものを飲んだこともないし聞いたこともない。そこで、「香煎湯」について調べてみた。

東京都内のお茶屋を何軒かあたって訊いてみたが、「香煎」という言葉さえ知らないし、もちろん、商品の取り扱いもない。

そんなわけで、何はともあれ、現在、「香煎」を扱う唯一の店である京都・祇園の「原《はら》了郭《りょうかく》」を訪ね、「御香煎」を買い求めた。

原材料は、ういきょうや陳皮、山椒などと説明書きがあり、用法通りお湯に溶かして飲んでみた。

何と表現してよいのやら、漢方薬のような、コンソメスープのような……、一言では評価しがたい複雑な味だ。出版社の数人の人達にも、同時に飲んで頂いたが明確な返事はなかった。

「香煎」は、江戸時代、宿場や茶店には必ず置いてあったそうで、高価な「お茶」はなかなか庶民の口には入らず、「香煎湯」をお茶がわりに飲んでいたそうである。

原作に、むさくるしい浪人姿の長谷川平蔵と同心・酒井祐助の前へ「〔香煎湯〕を素気なく置くや……」とあるが、この当時の「香煎湯」とは、こんな位置づけであったのであろう。

敵味方識別能力《てきみかたしきべつのうりょく》

「霜夜」（第十六巻・第六話）の冒頭に、長谷川平蔵が、高杉銀平道場時代のおとうと弟子・池田又四郎を尾行して行く場面がある。

又四郎は、京橋の大根河岸にある料理屋「万七」を出ると、河岸道を東へ行き、稲荷橋をわたり、湊稲荷《みなといなり》の鳥居の前に佇んでいたが、また、稲荷橋をわたり返す。平蔵は、一つ手前の中ノ橋の欄干にもたれ、笠の内から又四郎の様子を凝視していた……

というような描写である。

この二人の動向を尾張屋板の切絵図『京橋南築地絵図』で、京橋の大根河岸から河岸道を東へたどってみた。

八丁堀に架かる「中ノ橋」と「稲荷橋」の位置を確認し、何となく思った。「これだけ離れている二つの橋の上で、果たして、相手の人間を識別することができるものか……？」である。

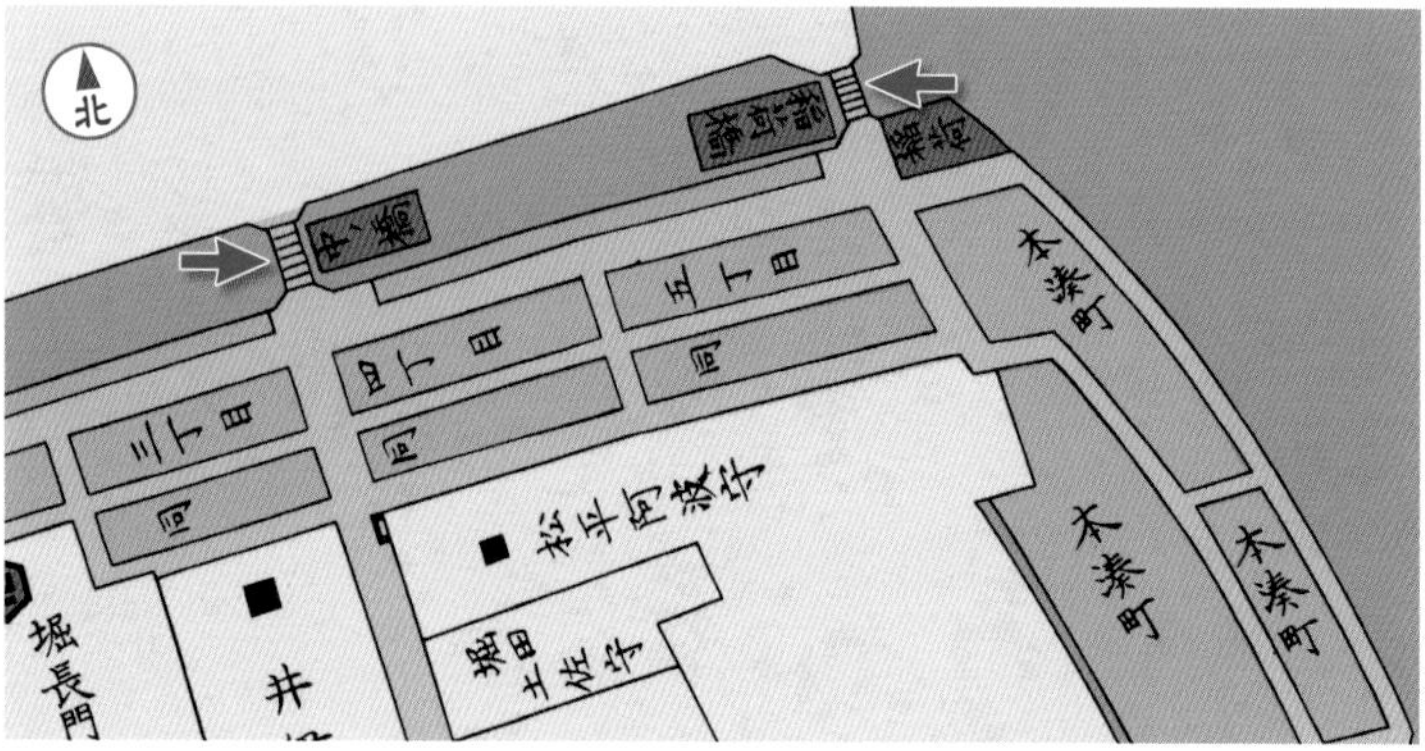

「中ノ橋」と「稲荷橋」／復刻版江戸切絵図　京橋南築地絵図（部分）

さっそく、現場へ行ってみた。

現在、八丁堀（桜川）は、埋めたてられていて、川の跡地は「桜川公園」となっている。この公園の中に「中ノ橋」があった位置を特定することができ、「稲荷橋」は、橋の跡を示す石柱が、中央区湊一丁目八番地の路上に残っている。そこで、中ノ橋と稲荷橋の距離をはかってみると266mあった。公園北側の道路の、中ノ橋があった位置に立って、実際に、稲荷橋の上に立つ人を識別しようとしたが、筆者には判別できなかった。

漠然とした疑問がわいてきた。

翌日、デパートの眼鏡売り場で、検眼を担当している人に、266m離れた相手の人を識別できるものかどうかを尋ねると、「まず、無理でしょう……」とのことだ。

何故か、うれしくなって来た。

原作者の池波さんは、長谷川平蔵と池田又四郎を切絵図の上で動かし、前述のような描写になったもので、実際は、「とても相手を確認できる距離ではなかった……」のではないか。

またまた、鬼の首でもとったような気分になった。


そんなある日のこと、友人の古庄幸一氏（第二十六代海上幕僚長）と一杯やる機会があった。古庄氏は、大の「鬼平」ファン。筆者の『小さな旅　鬼平犯科帳ゆかりの地を訪ねて』の生みの親でもある。前述の「霜夜」の一件について話すと、言下に、「それは、見えますよ……、だって、ゴルフで、200m飛んだ先の、わずか4㎝位のボールが見えるでしょ……右の林だとか、左の木の根っこだとか……」と、こうだ。にわかに、「見えないはずだ……！」という秘かな確信がくずれ、振り上げた手をおろす場所がなくなってしまった。

再度、八丁堀へ出かけて行き、中ノ橋と稲荷橋の間の距離を測り直して266mを再確認すると、両方の橋があった位置に立って、もう一度、人が識別できるかどうかを試してみた。やはり、はっきり見えなかった。これは、おそらく、この路地が狭く、通行人も行き交い、筆者の視力や陽の傾きなど周囲の条件によるもので、実際の八丁堀に架かる橋の上から見る光景とは違うからだと判断した。

そこで、東京駅前の「行幸通り」へ行き、「八丁堀」の川幅とほぼ同じ30ｍある「馬車道」といわれる中央帯で、２６６ｍ離れた両端に立って相手を確認してみた。

「桜川公園」北側の路地で実験したときより、相手がよく見えた。

だが、こんな状態で、原作にあるように「本八丁堀五丁目の河岸道にある薬種問屋をうかがっている……」ことまでわかるのだろうか。夕暮れ時である。


再び、古庄氏との話にもどる……。

昔から、軍隊には「敵味方識別能力」という言葉がある。

一瞬でも早く、相手が敵か味方かを「識別」することが自身の生存と勝利への必須条件で、このため、隊員は、日夜、訓練に励んでいたという。まだ、レーダーのない頃の「戦闘機乗り」にとって、いかに早く敵機を識別するかは、自分の生命にもかかわる最重要課題。このため、〝昼間〟、仰向けになって空を見上げ、星の位置を確認する訓練をかさねて視力と判断力を鍛えたとか……。

先手組の組頭で火付盗賊改方の長官・長谷川平蔵に、「敵味方識別能力」が備わっていたことは当然のこと。持ち前の感性と多くの修羅場をわたって来た平蔵が、池田又四郎を尾行するにあたり、この「能力」を存分に発揮したことは言うまでもない。従って、又四郎の一挙手一投足、すべての動きは、「鬼平」の「識別」するところとなっていたわけである。

池波さんは、この辺のことも、十分承知して書かれているのだろう……。

浪人・沖源蔵《おきげんぞう》が、京都から大坂へ行く

「流星」（第八巻・第四話）の冒頭に、浪人・沖源蔵が、京都から大坂へ行く描写がある。沖源蔵は、大坂の盗賊・生駒の仙右衛門配下の殺し屋で、仙右衛門に招集されて、京都から「竹田街道」を南へ行き、伏見から三十石船に乗って淀川を下り、大坂へ行く予定であった。

今回は、殺し屋・沖源蔵が、京都の「油小路二条下ル」ところに住む刀剣の研師《とぎし》「笹屋弥右衛門」の家から、大坂の心斎橋北詰にある生駒の仙右衛門の表向きの稼業である艾《もぐさ》問屋「山家屋」へ行くまでを、実際に歩き、三十石船に乗って移動した「小さな旅」について書くことにする。

京都の「油小路二条下ル」あたりに刀剣の研師「笹屋弥右衛門」方を想定し、ここを出発地点として「油小路通」を南へ真直ぐ下る。この辺、京都の裏路地を歩いている感じだ。

京都・伏見の京橋

七条をすぎて京都駅のＪＲの鉄橋をくぐり、駅の南側に沿って東へ行き、八条で「竹田街道」へ入る。近くの喫茶「みなみ」でひと休みする。ここまで約一時間十分。

つづいて、「竹田街道」を南下し、「勧進橋」をわたり、「城南宮参詣道」を越えて、「玉乃光酒造」、「土橋」を通過して、伏見の船着場がある「京橋」へ到着する。ここまで、出発から約三時間。

浪人・沖源蔵は、ここから三十石船に乗って大坂へ行ったわけである。「淀川三十石船」は、当時、京都と大坂間約44・8㎞をむすぶ重要な交通機関で、最盛期には１６２隻が就航、一

三十石船

昼夜の上り下りに320便が往来していたとか。「下り船」は、主に夜、京都を出て、早朝に大坂へ着いていたそうだ。現在、京都の伏見から大阪へ行く船便はないが、当時を偲ぶ三十石船の遊覧船が「京橋の寺田屋浜乗船場」から出ている。大阪までは行かないが、近くを遊覧する船だ。当時の三十石船を再現した形になっていて、これに乗って約四十分、水辺をめぐり、殺し屋・沖源蔵になった気分で、大坂へ行ったことにした。

船は、大坂・天満の「八軒家浜船着場」へ着く。

次に、この天満の八軒家浜の船着場から、「谷町筋」を南下、「長堀通」を西へ行き心斎橋北詰まで歩いて、全行程を踏破したことにした。天満の八軒家浜から心斎橋まで約一時間。

殺し屋・沖源蔵は、このあと、生駒《いこま》の仙右衛門の指令を受けて江戸へ行くことになる。

さて……、「小さな旅」も終わり、かつて、原作者の池波さん行きつけの店だった大阪・難波の「かやく御飯・大黒」で祝杯をあげることにした。

＊本書には、月刊『美楽』２０１９年７月号より２０２０年６月号まで連載された〈『鬼平犯科帳』細見〉に加筆した内容を含んでおります。
＊本書に出てくる巻数は、『鬼平犯科帳』（文春文庫）を基にしております。

ひと歩き

『鬼平』の舞台をぶらり散歩。「江戸」を探して、
下町・深川と江戸城十九門をひと廻り。

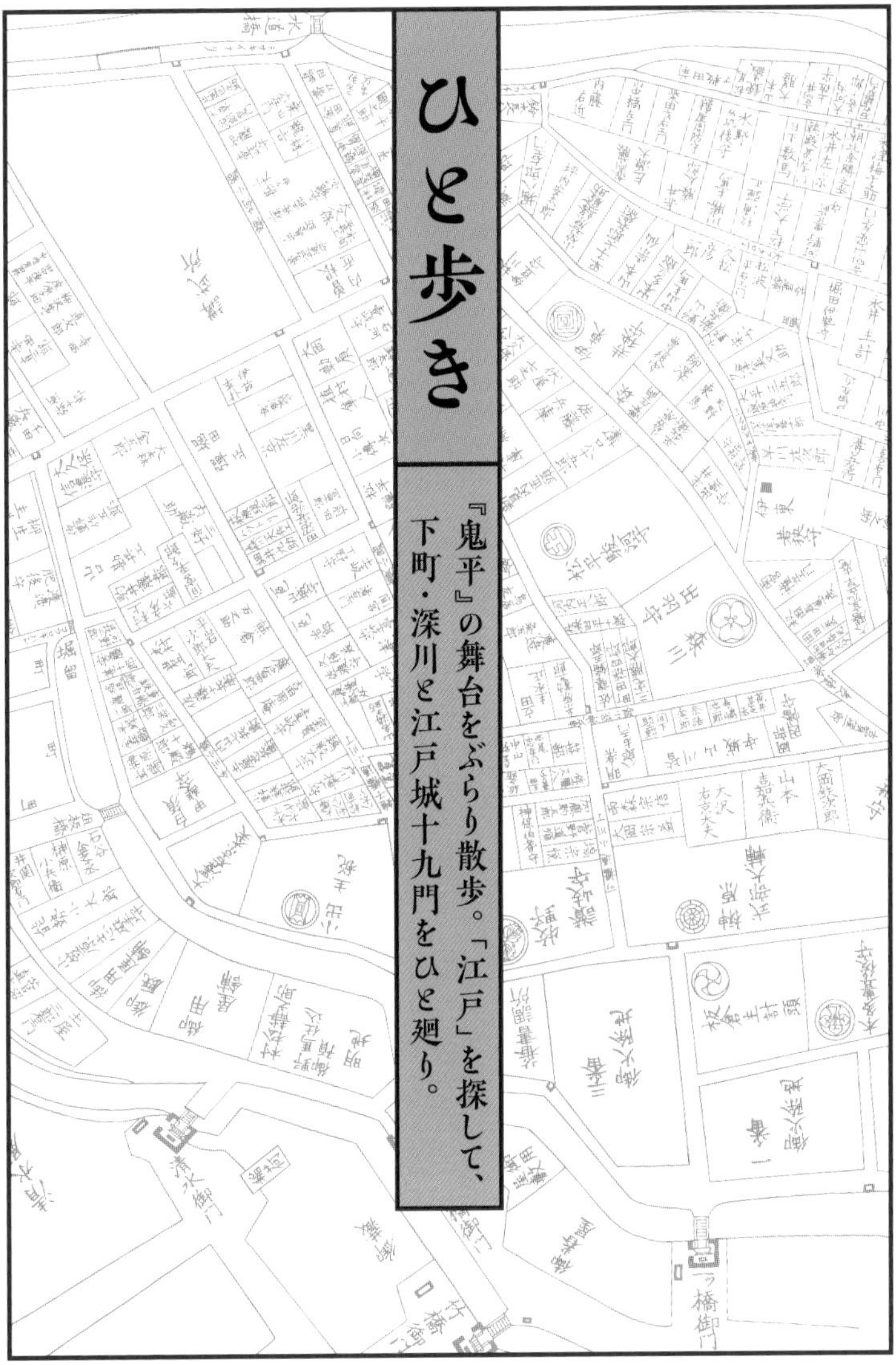

高木軍兵衛が、深川の洲崎《すざき》へ行く

「用心棒」（第八巻・第一話）は、深川・佐賀町の味噌問屋「佐野倉屋」の用心棒・高木軍兵衛が主人公である。

軍兵衛は、六尺ゆたかな大男で、頬からあごにかけて髭をはやし、「鍾馗《しょうき》さま」のような威容にものをいわせて「佐野倉屋」の用心棒となっている。ところが、これは見かけだけで、剣術の腕はまるで駄目。こんな軍兵衛に茶店「笹や」の〝お熊婆さん〟も加わって、深川の地を舞台におりなす、コメディー調の、ほろりとさせられる物語である。寛政五年、春のできごとだ。

この話の中で、高木軍兵衛が、やんわりとした春の日に、深川・佐賀町の「佐野倉屋」から「洲崎弁天」へ散歩に行く描写がある。なにしろ、用心棒稼業、昼間は暇で時間を持て余している。

今回の「細見」事項は、この散策コースを歩いてみようというわけである。

このコースは、江戸切絵図の『本所深川絵図』を、西から東へ歩くことになり、深川の地が一望できる。

出発地点の佐賀町の味噌問屋「佐野倉屋」から永代橋東詰を経て洲崎弁天まで、途中には、原作に登場する富岡八幡宮や三十三間堂跡の石碑など、多くの「鬼平」ゆかりの場所があり、『鬼平犯科帳』の深川の舞台が網羅されている。

それでは、さっそく出発する。

❶まず、江東区佐賀一‐六‐二にある「プラウド門前仲町」というマンションの角に、「赤穂義士休息の地」の石碑があるが、ここをスタート地点・味噌問屋「佐野倉屋」とする。かつて、ここには、原作者の池波さんが、味噌問屋「佐野倉屋」のモデルとして『江戸買物獨案内』から引用した味噌問屋「乳熊《ちくま》屋」があった。「乳熊屋」〔現：(株)ちくま〕は、元禄元年（一六八八年）創業の味噌、醤油を扱う会社である。

❷歩き出してすぐそこが永代橋東詰だが、直接わたることができないので、「永代通り」の「佐賀一丁目」信号をわたって迂回し、「永代河岸通り」へ入る。原作にある深川・相川町、熊井町がこの辺にあたる。「巽橋」をわたり東へ行く。この辺は、かつて、堀だらけで、道路の事情も変わっている。そこで、なるべく原作に近い所を通って東へ移動するようにした。

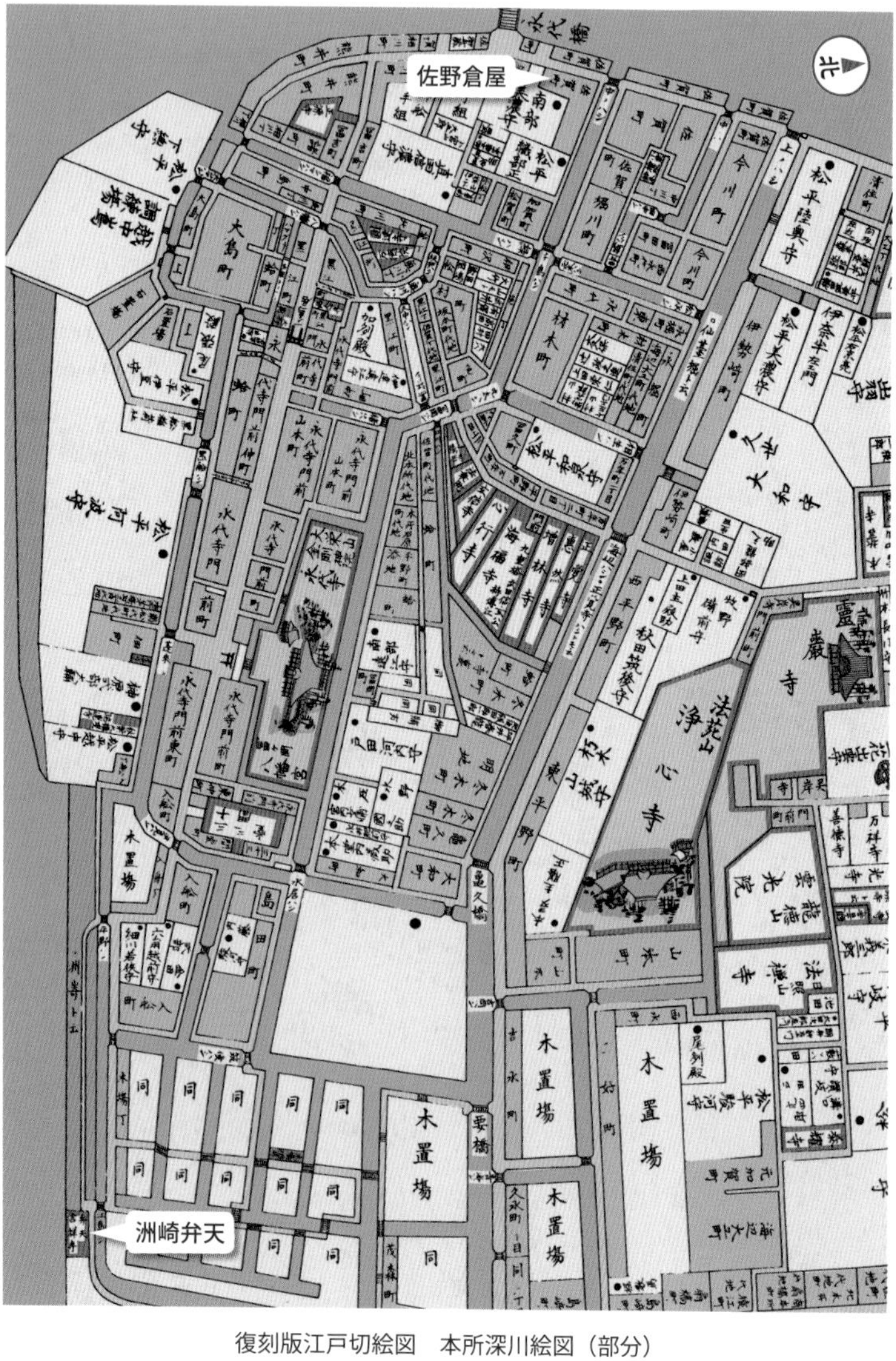

復刻版江戸切絵図　本所深川絵図（部分）

隅田川
永代橋
北
永代河岸通り
越中島公園
佐賀一丁目
巽橋
永代通り
首都高速9号深川線
緑橋
臨海公園前
清澄通り
清川橋
黒船橋
門前仲町
清澄公園
清澄橋
牡丹町公園
門前仲町駅
心行寺
清澄通り
清澄庭園
大横川
深川公園
葛西橋通り
海辺橋
深川不動
巴橋
富岡八幡宮
仙台堀川
浄心寺
永代通り
平久橋
汐見橋
亀久橋
平久川
平久小学校
大和橋
平野橋
福富川公園
木場親水公園
深川署
平木橋
三ツ目通り
木場駅
東京都
現代美術館
洲崎神社
木場公園
弁天橋
400m

現在の深川

❸「巽橋」から大横川に沿って「永代河岸通り」を、さらに、東へ進み、「臨海公園前」の五叉路の信号では大横川に沿った道へ入る。

❹「黒船橋」北詰で、「清澄通り」を迂回してわたり、向かい側の川に沿った路地へ入る。この道をさらに東へ行く。

❺原作にある「蓬莱《ほうらい》橋」は、現在はないが、ほぼ同じ場所に「巴橋」があり、これをわたって、大横川南岸の道を東へ進む。道なりに歩いて「平久橋」をわたり、さらに東へ進む。

❻「平野橋」の南詰を通ってなおも東へ行く。「三ツ目通り」を歩道橋でこえて迂回し、反対側の路地へ進む。ここまで来ると、前方に「洲崎神社」の赤い鳥居が見えて来る。約一時間の行程である。

この日、帰りに、「深川不動尊」の「護摩祈祷《ごまきとう》」に参加した。日頃、俗世界をさ迷い歩いている筆者にとっては、久し振りに味わった厳粛な時間である。何か、父母の墓参りをしたあとのような、すがすがしい気持ちになるから不思議なものである。

江戸城十九門を歩く

『鬼平犯科帳』には、いわゆる、「江戸城三十六門」のうち十八門が登場し、特殊な門としてあつかわれている「喰違《くいちがい》御門」を合わせると合計十九門が登場して来る。

これを三コースに分けて、「歩いてみよう……」というのが今回の「細見」事項である。

最初のコースは、やはり、火付盗賊改方の役宅があった「清水門」からスタートし、「内郭門《ないかくもん》」を訪ねて廻ることにした。

●内郭門コース

まずは、「清水門」をじっくりながめてから、「内堀通り」を北へ行き九段坂を上る。左手に「田安門」を見て、「千鳥ヶ淵」に沿って左へ曲がり、ゆっくり散策して「半蔵門」へ行く。絶好のコースだ。皇居のお濠《ほり》に沿って反時計回りに歩き、外桜田門から中へ入り、二重橋を見て濠づたいに左へ行き、「坂下門」、「桔《き》梗《きょう》門」を確認して

清水門

「内堀通り」へ出る。お濠に沿って左へ行くと「大手門」で、最初のコースの終点である。この間およそ、一時間五十分。散策コースとしては季節を問わず、非常に素晴らしい行程だ。

●外郭門《がいかくもん》（日本橋川）コース

次が、日本橋川に沿った「外郭門」を訪ね歩くコースで、清水門外の役宅（千代田区役所）からスタートした。「内堀通り」を南へ行き、最初の路地を左折、すぐに、九段南一－一－一の角を左折して雉子《きじ》橋（「雉子橋門」）を渡る。日本橋川北岸に沿って東へ下って行き、一ツ橋（「一ツ橋門」）を右に見て、交差点を渡って進む。錦橋をすぎると次が神田橋（「神田橋門」）であ

数寄屋橋の碑

る。つづいて、鎌倉橋とＪＲの橋を越えると常盤《ときわ》橋で、ここには三つの常盤橋が架かっている。一つが「新常盤橋」、次が「常磐橋」（「常磐橋門」）、三つ目が「常盤橋」である。こうして、「外堀通り」に沿って南へ進み、一石橋で日本橋川から離れて「呉服橋」の交差点へ出る。交差点を少し西へ入った千代田区大手町二－六に、現在建築中の「常盤橋ビル」（仮称）があるが、この前の「永代通り」の歩道に「呉服橋門」跡の説明板が立っている。再び、「外堀通り」へもどって南へ進む。ＪＲ東京駅前を通って「鍛冶橋」の交差点へ来ると、交差点の南西角に「鍛冶橋門」跡の説明板が確認できる。さら

牛込門跡

に南へ進む。右手のＪＲの新幹線や山手線の線路の走行が、当時の外濠にあたる。「数寄屋橋」交差点の西側にある中央区立「数寄屋橋公園」内に「数寄屋橋門」跡の石碑が立っている。次いで、ＪＲの高架橋に沿って歩くとガード下の「みゆき通り」の歩道に「山下門」跡の説明板を確認することができる。第二のコースは、これで終了である。約一時間三十分の行程だが、説明板が新しくなっている。

●外郭門（神田川）コース

三番目のコースは、神田川に沿った「外郭門」を歩くコースである。一番下流にある浅草橋（「浅草門」）から上流へ向かって神田川の北岸に沿って歩くことにする。左衛門橋、美倉橋の北詰を通って、「昭和通り」を迂回して進み、万世橋を渡っていったん神田川の南岸へ出て、「筋違《すじかい》門」の説明板を確認してから昌平橋を渡り返す。再び、神田川北岸の道を西へ行く。水道橋の北詰を越えて「外堀通り」を西へ進み、「小石川門」跡の説明板を見て日本橋川との合流地点を確認する。さらに、神田川に沿って西へ進み、飯田橋で歩道橋を渡り、「外堀通り」を南へ行く。牛込橋南詰で「牛込門」跡の石垣を見て、市ヶ谷橋の南詰で「市ヶ谷門」の説明

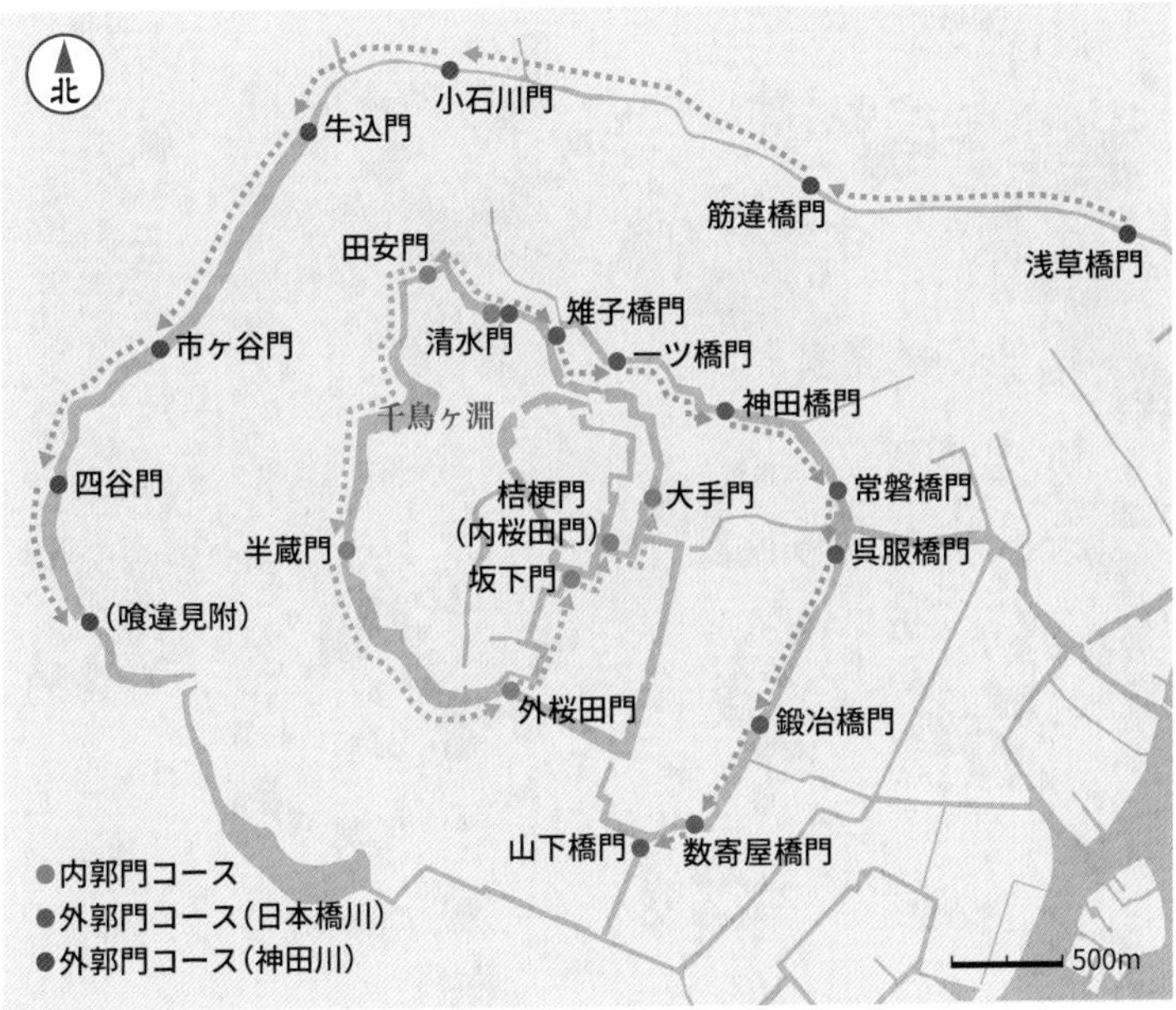

板を確認し、四ツ谷駅の麹町口北側にある「四谷門」跡の石垣の一部を確認してから「新宿通り」を渡り外濠に沿って進む。赤坂の「迎賓館」を右手に見て、紀尾井坂へ通じる「喰違門」を見ると終点である。所要時間、約二時間。

時間を競うものではない。ゆっくりと近くのものを見物したり、途中で適宜休憩して、各御門の位置や説明板を確認して散策されることをおすすめする。

それぞれの「御門」が登場した篇については、左記に一括しておく。

清水御門：第一巻・第一話「啞の十蔵」ほか
田安御門：第一巻・第五話「老盗の夢」
半蔵御門：第十六巻・第三話「白根の万左衛門」
大手御門：第十四巻・第一話「あごひげ三十両」
雉子橋御門：第九巻・第六話「白い粉」
一ツ橋御門：第一巻・第六話「暗剣白梅香」
神田橋御門：第五巻・第五話「兇賊」
常磐橋御門：第十六巻・第一話「影法師」
呉服橋御門：第十六巻・第一話「影法師」

鍛冶橋御門‥第十二巻・第六話「白蝮」
数寄屋橋御門‥第十六巻・第三話「白根の万左衛門」
山下御門‥第十三巻・第五話「春雪」
浅草御門‥第二巻・第一話「蛇の眼」
筋違御門‥第二巻・第四話「妖盗葵小僧」
小石川御門‥第九巻・第七話「狐雨」
牛込御門‥第六巻・第四話「狐火」
市ヶ谷御門‥第二巻・第三話「女掏摸お富」
四谷御門‥第一巻・第五話「老盗の夢」
喰違御門‥第十一巻・第四話「泣き味噌屋」

究極の鬼平ファン

鶴松房治（池波正太郎記念文庫・指導員）

『鬼平犯科帳』に記されているすべての地を取材されて五部作を完成させた松本氏。ゆかりの地を訪ねた後は、この作品をさらに、微に入り細に入り検討しようというのである。一作の小説をここまで深く読み込み、納得のゆくまで解明しようという、飽くなき探究心。五部作でも感じたことだが、松本氏のこのこだわりには頭が下がる。

本書の中でも、女賊が所持していた「唐桟の煙草入れ」、普通の読者ならスッと読み過ごしてしまう一言に着目。現代では見ることがなくなったキセルの煙草入れ、当時の人が帯にはさんで所持していたのはどんなものなのか。骨董品や古美術品の店を訪ね、果ては歌舞伎の小道具として芝居で使われているものを借り受ける。次にはその素材である唐桟、舶来の貴重品だった織物が日本で生産されるようになった川越市に赴き、そして唐桟織物の着物や小物を扱っている呉服屋さんにたどり着かれる。唐桟の生地を選び特注の一品を、キセルは新潟県燕市のこれも一品を手に入れる。ここまでの行動力は中途半端なものではない。もう一つ、殺し屋の浪人・沖源蔵が京都の油小路二条下ルから大坂の心斎橋北詰まで旅する場面を、ご自身で体験されている。こう言っては何だが、この沖源蔵という人物は、作品の中では長谷川平蔵やその配下といった物語の核心にふれる登場者ではなく、京都から大坂までの旅もその展開にさしたる影響があるものではない。これもスッと読み飛ばしてしまうようなところだが、松本氏は律儀に、源蔵がたどった長距離の行程を、これも中途半端ではなく実践して歩いておられるのだ。

私とご一緒の折は、鬼平の話に終始する。物語の些細な事項まで打てば響くように話される。松本氏の頭の中は『鬼平犯科帳』文庫本二十四冊百三十五話のデータベース、まさに〔究極の鬼平ファン〕の域に達した方である。

おわりに

十数年前、初めて、『鬼平犯科帳』を読み出したときからそうだった……。

前作『小さな旅　鬼平犯科帳ゆかりの地を訪ねて』を執筆中もそうだった……。

どういうわけか、いつも、冷静に、客観的に、『鬼平犯科帳』を見つめている別の自分がいた。だから、読み込むほどに、「理解できない事項」や「話の辻褄が合わない、整合性のとれない箇所」が気になってしょうがなかった。

こうした素朴な疑問は、読み返すたびに、次第に確固たる信念となり、いつの日か、何かに書き留めておきたいと考えるようになったわけである。

ここに、数々の疑問や気になる点を、《『鬼平犯科帳』細見》と題して出版することができ、またひと山越えた達成感を味わっている。

本書を読んで、「鬼平」ファンの一人でも、「なるほど……!」と、喜んでくれたら、これ以上、幸せなことはない。

取材の途中で御教示頂いた多くの方々、小学館スクウェアの皆さん、大変お世話になりました。この場を借りて、厚く御礼申し上げます。


さて……。

『鬼平犯科帳』の舞台は、江戸ばかりではない。

次回は、第一巻・第五話「老盗の夢」、第三巻・第三話「艶婦の毒」、第四話「兇剣」を中心に、「鬼平」が歩いた京都、大坂、奈良の地を、原作に従って忠実にたどってみるつもりである。

松本英亜

参考文献

『復元・江戸情報地図』（朝日新聞出版）
『江戸東京重ね地図』中川惠司 編（エーピーピーカンパニー）
『江戸・町づくし稿』岸井良衞（青蛙社）
『完本 池波正太郎大成 別巻』（講談社）
『江戸の飴売り』花咲一男 編（近代風俗研究会）
『江戸城』田村栄太郎（雄山閣）
『道具曼陀羅』（毎日新聞社）
『谷中・根津・千駄木』（谷根千工房）
『日本民謡事典』竹内勉（朝倉書店）
『日本舞踏全集』第三巻
『寛政重修諸家譜』

図版提供
『寛政重修諸家譜』／『江戸名所図会』／針売り『花容女職人鑑』／「堅田の落雁」／鎌倉節の飴売り『江戸府内絵本風俗往来』　国立国会図書館蔵
「粟田口国綱　太刀　銘　国綱」　日枝神社所蔵
池波正太郎　画　扉、82頁、105頁　池波正太郎記念文庫所蔵

古地図提供
近江屋板切絵図　国土地理院
「日本橋北神田辺之絵図」／「深川之内　小名木川ヨリ南方之方一円」

江戸切絵図は人文社版復刻図を使用
「人文社復刻版江戸切絵図」〈今戸箕輪〉浅草絵図／〈小石川谷中〉本郷絵図／隅田川向嶋絵図／〈千駄ヶ谷鮫ヶ橋〉四ッ谷絵図／東都麻布之絵図／〈芝口南西久保〉愛宕下之図／京橋南築地絵図／本所深川絵図

松本《まつもと》 英亜《ひでつぐ》

1942年東京生まれ。

東邦大学医学部卒業。医学博士。

医療法人(社団)同友会 顧問。

著書に「小さな旅『鬼平犯科帳』ゆかりの地を訪ねて」

第1〜5部(小社刊)がある。

『鬼平犯科帳』細見

2020年5月30日 初版第1刷発行

著 者 松本 英亜

発 行 小学館スクウェア

〒101-0051

東京都千代田区神田神保町2-13 神保町MFビル4F

TEL:03-5226-5781 FAX:03-5226-3510

印刷・製本 三晃印刷株式会社

デザイン・装丁 ポイントライン

Printed in Japan ISBN978-4-7979-8843-7